고맙고 소중한 우리의

밥상에 대하여

기차는 달려가고 지음

1

고맙고 소중한 우리의

밥상에 대하여

발 행 | 2022년 06월 08일

저 자 | 기차는 달려가고

펴낸이 | 한건희

펴낸곳 | 주식회사 부크크

출판사등록 | 2014.07.15(제2014-16호)

주 소 | 서울특별시 금천구 가산디지털1로 119 SK트윈타워 A동 305호

전 화 | 1670-8316

이메일 | info@bookk.co.kr

ISBN | 979-11-372-8517-0

www.bookk.co.kr

ⓒ 기차는 달려가고2022

들어가기 전에

내 평생의 밥에 관한
경험과 의견과 소감을 담았습니다.
개인적인 경험이기에 보통의 경우와 다를 수 있고
지난 시절에 관해서는 약간의 오류나 추억 보정이 있을 수도 있겠습니다.
저로서는 기억하는 대로 정직하게 기록했습니다.

본문에 개제된 의견에 관해서는 얼마든지 저와 다를 수 있습니다.
각자의 의견을 개진할 수 있는 기회가 되면 좋겠습니다..

이 책은 단지
한 개인의 이야기입니다.

순서

밥에 대한 고마움

어릴 적에는 정말 몰랐었다.
아니, 커서도 한참 동안 몰랐다.
밥은 늘 내 앞에,
공기처럼 물처럼, 당연히 놓이는 것인 줄 알았었다.

이런저런 어려운 일을 겪으면서 비로소 밥의 고마움을 깨닫게 되었다.
밥이,
밥은,
당연한 것이 아니었네.
그러니 오랫동안 "일용할 양식"을 달라고 매일, 매일 기도했던 거였네.

밥은 생명체로서 우리를 살아갈 수 있게 하는 에너지원이다.
인체는 밥을 먹고 열량을 만들어냄으로써 생명을 유지할 수 있고,
마음과 몸을 움직일 수 있다.
꼭 입으로 먹는 밥이 아니라 영양제로 같은 결과를 얻을 수는 있겠지만.
단순히 영양소를 공급받는 것으로 먹는 즐거움까지 얻을 수는 없지.

그러니까 밥을 먹음으로써 우리는 살아가고 인간적인 기능을 할 수 있으며.
더해서 위장의 포만감과 미각의 만족감, 정서적인 충족감까지 얻는 것이다.

고요히 혼자 먹는 밥에서는 평온함을 누리고.

다른 이와 함께 하는 화기애애한 밥상에서는 고단하고 지루한 일상에 활기를 얻으며.

나를 설레게 하는 누군가를 수줍게 초대하여 함께 하는 밥상으로 서로는 특별한 인연을 기대한다.

힘껏, 어쩌면 인생을 바쳐

음식을 마련하고 맛있는 밥상을 차리면서 어버이는 자식에게 깊은 사랑을 전하고.

때로 우리는 밥상으로 그리운 영혼을 불러 미처 말하지 못했던 사랑을 뒤늦게 전하기도 하지.

지쳐서, 힘들어서, 삶의 무게가 버거워 주저앉을 때.

내 앞에 놓인 절망의 심연을 건너뛸 기운도, 의욕도 없이 미냥 무기력과 좌절에 빠져있을 때.

내키지 않으면서 꾸역꾸역 밀어 넣는 꺼끌꺼끌한 찬밥 한 숟가락이,

아직은 내가 짊어져야 할 세상의 책임을 일깨워주고.

그러니 일어나야 한다고, 버텨야 한다고 속삭여주기도 한다.

가족과 또는 다른 누군가와 한솥밥을 먹는 식구라 함은.

한솥에서 밥을 나누고 반찬을 덜어내는 하나의 경제 단위에 그치지 않고.

덤덤하게 매일의 밥상을 함께 하는 것으로

서로 의지하고 부축하며 인생길에 동행하는 것이다.

한솥밥을 먹는 식구가 아니라면 미처 모를

함께 헤쳐 나온 세파와 걱정거리.

밥상의 느낌과 기분, 서로의 도움과 협력.

무엇보다 함께 세상을 살아간다는 동지애로.

때로는 서운하고 미워하는 긍정과 부정이 교차하는 가운데.

밥상을 함께 하는 이들은 자연스레 결속하여 서로의 인생에 스며들어 살아가게 된다.

이심전심.

한솥밥을 먹은 식구여서 만이 알 수 있는 공감과 이해와 추억이 있으리라.

밥 덕분에 살아왔습니다.

또 살아가고 있습니다.

누구 앞에나
　　맛있고 공들인 밥상이 놓이기를 기원하며

1부, 추억하다

그때와 지금 1

"참 달구나"

강판에 갈아드린 참외를 조금씩 떠 드시면서 어머니가 말씀하신다.

어머니 곁에서 참외 씨까지 홀랑 홀랑 참외 조각을 집어먹던 나는

"맨날 먹으면서도 깜짝깜짝 놀랜다니까. 요새 과일은 옛날에 먹던 거랑 이름만 같아.

크기도 커지고, 종류도 많고, 죄다 달아."

그렇게 모녀는 여름날 오후,

20세기 후반의 대한민국을 살아낸 사람이나 할 수 있는 논평을 나누었다.

요새 과일들은 다 달다.

달기만 한가?

예전에 비해 크기는 정말 커졌고,

품종이 다양하고,

모양은 그려낸 듯 반듯하고,

빨강, 노랑, 분홍 빛깔은 선명하다.

온실 재배로 열대 과일도 가능해졌고 무엇보다 제철이 따로 없어

예전에는 초여름에나 먹던 딸기, 참외를 추운 겨울부터 먹는다.

요즘 애들은 딸기 철, 봄날의 딸기밭을 알까?

나 어릴 적 '나이롱 참외', '개구리참외'는 다 어디로 갔지?

그때는 과일이라고 다 맛있는 게 아니었다.

수송 과정에서 서로 부대끼다가 멍이 든 과일도 적지 않았고.

자칫하면 무를 씹는지- 달고 상큼한 가을무보다 맛없는, 허울만 과일도 많았었다,

싱겁거나 떫거나 한, 채 맛이 들지 않은 과일을 고르기 쉬워서 뭘 하나 고를 때도 신중하게, 오감을 다 동원해야 했었다.

피라미드 모양으로 쌓은 수박을 손수레에 밀고 다니며 동네 어귀에서 소리쳐 고객을 부르던 수박 장수들은 얼마나 곤욕을 치렀던가.

눈으로 고르고,

손으로 통통 두드리고,

귀로 그 소리를 듣고,

킁킁 코를 벌름거리며 냄새를 맡아서는.

그래서 고르고 고른 수박을 한 귀퉁이 삼각뿔로 잘라 색깔까지 확인하고서야 주머니에서 돈을 꺼냈다.

룰루 기분 좋아 비닐 끈 주머니에 넣은 수박을 흔들흔들 집으로 갔는데.

이미 옆 동네로 장소를 옮겨 수박을 팔고 있는 수박 장수에게 반쯤 먹은 수박 쪼가리를 들고 와서는,

맛없는 수박을 속여서 팔았다고 다짜고짜 언성을 높이는 고객이 있었다.

먹고 살기 어려워서 조그만 손해에도 예민했던 사람들은,

소리를 지르고, 삿대질을 하고, 멱살을 잡고, 그러다 밀치고.

한바탕 사생결단을 하면서!

고무줄놀이 하는 여자 아이들이나 재잘거릴 뿐인 조용한 골목에 작은 소요를 일으켰다.

요즘 수박은 대충 골라도 맛있더라.

그때는 먹는 입이 많았으니 수박 한 통 사면 앉은자리에서 다 먹어치웠었는데.

지금은 식구는 적은 데 수박 크기가 너무 커져서 한 번에 못 먹는다.

끙끙 무거운 수박을 조리대 위로 들어 올려 조각조각 잘라 밀폐용기에 넣는 게 일이라,

이제 수박은 큰맘 먹고 사게 된다.

아, 바나나.

그때는 왜 그렇게 비싸야만 했는지.

이민이나 유학으로 미국에 간 사람들은 한국과 달리 너무 싼 미국 바나나에 배신감을 느끼고는,

한동안 질리도록 바나나만 먹었습니다,

- 하는 편지를 고국의 가족들에게 써 보냈었다.

예전에는 과일의 보관, 포장, 물류, 판매 기술도 지금 같지 않았다.

명절에 과일 선물이 많았는데,

길쭉한 나무 널을 이은 상자에

사과는 쌀겨를 넣어서,

배는 볏짚을 넣어서 담았다.

위에 조르르 놓인 과일을 다 먹으면 엉금엉금, 보이지 않는 쌀겨를 손으로 휘저어 남은 사과를 찾는데,

그러다 상한 사과가 물컹 손에 닿으면.

으으으

촉감으로 느껴지는 그 괴이한 감각에,

엄마야,

꽥, 소리를 질렀지.

맛있어진 건 과일만이 아니다.

채소도 종류가 풍부해졌고 크기도 커졌다.

예전에는 시장에서 삐삐 마른 가지, 뒤틀린 호박도 떳떳하게 한 자리 차지했었는데,

지금은 하나같이 고른 크기에 반듯하고 윤기 나는 쭉쭉 뻗은 채소들만 줄지어 있다.

모양 빠진 채소들은 어디로 가는 걸까?

고기도 맛있어졌다.

우리 집은 육식이 기본이라 거의 모든 음식에 고기가 들어갔는데,

지금 고기가 훨씬 부드럽고 냄새도 안 나고 감칠맛이 난다.

20년 전쯤.

촌의 작은 식당에서 백반을 먹다가 김치찌개에 들어있는 돼지고기의 두꺼운 껍질, 그 위에 남은 까만 털을 보려니,

아, 옛날에는...

잊고 있던 기억이 떠오르더라.

해산물도 마찬가지.

그때는 냉장, 냉동 기술, 배송 시스템이 갖춰지지 않아서 소금에 절이거나 말린 생선, 어패류가 많았다.

요새는 양식도 많이 하니 전복, 광어, 새우, 굴, 김 등등 물량이 풍부하다.

게다가 산지에서 깔끔하게 손질해서 가시 없이 살만 발라서는 냉동 상태로 소비자에게 곧장 배송되니,

격세지감이다.

정말 편해졌다.

다 맛있어졌는데, 내 입맛에 떡은 그렇지 않다는 소감이다.

달기는 왜 이리 단지.

색깔은 요란하고, 식감은 말랑하고 너무 부드럽다.

예전의 다소 투박하면서 쫀득쫀득 하고 담백한 떡이 그립다.

어릴 때 친척 집에 갔다가

뜨겁게 쪄낸 찰밥을,

사람이 직접 떡메로 쳐서,

미처 다 으깨지지 않은 쌀알이 씹히기도 했던.

차지고 따듯한 인절미를 두 손으로 뚝 잘라서는,

콩을 삶아 설탕 가루를 솔솔 뿌려 만든 콩고물에 굴려 먹었는데.

아, 얼마나 맛있었는지.

방앗간에서 방금 뽑아온 따듯한 절편을 조청에 찍어 먹는 맛은 또 어떻고!

잔칫날 큼직하게 상에 오르던 술떡('증편'보다는 '술떡'이라는 이름이 딱 와 닿던)은 정

말 술 냄새가 짙어서,

아이들은 술떡 한 조각에 뒤집어질 듯 깔깔 웃으면서 비틀비틀 술 취한 흉내를 내며 잔 칫집을 뛰어다녔지.

추석을 앞두고 모여 앉아 송편을 빚고.

설이 다가오면 함지박에 불린 쌀을 이고 방앗간 가서 가래떡을 뽑았다.

마루에서 꾸덕꾸덕 말라가는 가래떡 맛을 요즘도 알까?

콩과 건포도를 따로 들고 가 맞췄던 백설기는 우리들 간식이었고.

찹쌀가루에 팥고물을 켜켜이 넣고 쪄낸 팥시루떡은 고사상의 중요 메뉴여서

개업하는 가게에서, 잔칫집에서, 제삿날 손님들에게 싸주는 떡이었다.

깨물면 푹 바람이 빠지던 바람떡.

설탕물이 주르르 흐르던 꿀떡.

색깔로 한 몫 하던 무지개떡.

80년대에 들어서는 우리 집에 두텁떡, 주악이 등장했었다.

두텁떡은 팔던 데 주악은 아직 하는 데가 있을까?

언제 한가해지는 날이 온다면 집에서 옛날 떡을 만들어보고 싶다.

푸짐하게 쪄서 사람들 불러 나눠 먹고 말이지.

그런데,

그 날은 언제일까?

옛날 곶감

아주 보드랍고 달콤하며.

말랑말랑한 표면 아래에는 연시 그대로의 쫄깃한 젤리가 담긴.

말간 주황빛으로 크고 모양이 잘 잡힌 고급스러운 곶감을 먹는다.

씨도 하나 없는 이 곶감은,

커다란 열매를 빙빙 돌아가는 기계로 껍질을 깎아내 모양을 잡아가며 햇빛과 바람이라는 자연에 더해 과학 기술까지 보태어 말린 것이다,

배도 금세 불러서.

보통 곶감이나 감 말랭이를 한없이 먹어 대는 나는,

이 곶감 두 개쯤에 배가 부르는 것 같더니.

세 개를 먹고는 속이 꽉 차 버렸다.

휴.

그러면서 옛날 곶감,

그러니까 쪼글쪼글 바싹 마르고.

거의 까맣게 마른 표피에 하얀 분이 소복이 내린 눈처럼 덮여 있던.

작고 딱딱한 곶감을 입에 넣고 침으로 한참을 우물거려야 달달한 맛이 우러나오던 그 옛날의 못난이 곶감을 얘기했다.

길쭉하게 마른 곶감이 있었고.

눌러서 동글동글 납작하게 말린 곶감도 있었다.

볏짚으로 묶어서 팔았는데.

겨울날,

한 솥 끓여 식혀서는 항아리에 담아 차가운 바깥에 두었던 수정과를 꺼내 먹을 때.

딱딱한 곶감을 작게, 작게 잘라서 유리컵에 두어 조각 넣고 그 위에 수정과를 부었다.

수정과를 다 마시고 바닥에 남은,

물에 불어서 단맛은 빠지고 물컹해진 곶감 조각.

말린 감이라면 다 좋아하는 나는 그것마저 홀랑 삼켜버렸지.

예전에 시골 오일장에 가면 마당에 있는 감나무에서 딴 크지도 않은 감을,

식구들이 둘러앉아 칼로 껍질을 벗겨서는.

처마에 주렁주렁 달아매어 한 계절,

꼬들꼬들 마른 새카만 곶감을 파는 할머니들이 계셨다.

껍질을 되도록 얇게 벗기려 하다 보니 미처 벗기지 못해서, 빤질빤질 날카롭게 말라버린 껍질 조각이 남아있기도 했고.

뽀얗게 퍼졌던 하얀 분은 시간이 지나면서 표피에 진득진득 들러붙어서는.

아이고, 깨물면 이가 아프게 딱딱했었지.

그 옛날 까맣고 딱딱하게 말라버린 곶감을, 감 말랭이를.

이제는 어디 가야 찾을 수 있을까?

남쪽 음식, 북쪽 음식

내가 직접 살림을 맡으면서 그전에는 미처 생각지 못했던 부분을 알게 된다.

부모님이 사셨던 시절과 내가 살아가는 시대의 사회적 배경이 달라지면서

부모님이 살아간 시대의 한 부분을 우리 집 음식을 통해 더 잘 이해하게 됐달까.

지금은 각 지방에 관한 정보도 많고,

물류의 발달로 지역 특산물을 손쉽게 접한다.

매체마다 지역의 토속음식, 특색 있는 요리들을 수시로 소개한다.

또 누구나 전국의 유명한 맛집을 찾아다니고.

SNS에 실시간 음식 사진을 올린다.

내 집 밥상에 국한되었던 음식의 세계가 미처 몰랐던 재료, 조리법과 맛으로 활발하게 확대되어 가는 것이다.

우리 부모님 시대는 정말이지 고단한 시절이어서,

음식은 목숨을 이어가는 수단으로 허기를 채우면 고맙지, 미처 맛까지 섬세하게 따지던 형편이 아니었던 경우가 대부분이다.

식량이 절대적으로 부족했고 지금처럼 식재료가 풍부하지도 않았다.

바다에서 해산물을 양식하거나 산에서 나물을 재배하는 경우도 제한적이었으며.

해외에서 수입하는 식재료의 종류나 물량도 미미했고.

해외 수입품은 물론 국내산 식품도 냉동, 냉장고로 운반, 유통하는 체계가 발달하지도 않았었다.

그러니 자기가 사는 지역 밖의 음식은 먹기도 어려웠고 알지도 못했지.

우리 어머니는 새로운 식재료나 음식에 호기심이 많은 분이어서 식당에서 맛있는 요리를 드시면 주방장에게 재료와 조리법을 묻거나 유심히 분석하셨고.

집에 와서는 새로운 요리가 손에 익을 때까지 여러 번 음식을 만들곤 하셨다.

'퓨전 음식'이라는 말이 있기 전부터 동서양 재료와 조리법을 자유자재로 구사하는 창작 음식을 예사롭게 상에 올리셨지.

또 아버지는 '음식은 맛있어야 한다!'는 방침을 가진 분이어서 맛있는 음식을 찾아다니셨고,

당신이 좋게 드신 식당에는 꼭 가족과 함께 가셨다.

그럼에도 예전 우리 집 밥상을 떠올려보면 확실히 지역의 한계가 있었다.

언젠가 추석에 어머니가 (요리책을 보시고) 토란국을 끓여 내셨는데,

호의적인 반응을 얻지 못해 밥상에서 토란은 그날이 마지막이었다.

나에게는 '미끈미끈한 토란'이라는 기억의 단편만 남았다.

식생활에는 비용을 아끼지 않고,

늘 새로운 시도를 주저하지 않는 부모님 덕에 갖가지 남다른 음식을 접해본 우리임에도.

가자미와 명태는 즐겨 먹었지만 민어, 도미는 어색했었다.

오징어는 언제나 환대를 받고 문어도 환영받았는데,

낙지나 주꾸미는 집에서 해먹지 않았다.

홍합, 대합, 바지락은 잘 먹었지만 꼬막, 백합을 집에서 조리해 먹게 된 건 최근 일이다.

외할머니가 집에 오셔서 순대를 만들어 주셨고,

이북식 순대를 먹으러 일부러 시내에 있는 식당을 찾아다녔지만.

순대국밥은 먹지 않았고, 족발은 내가 마흔이 넘어서 먹기 시작했다.

산초 장아찌는 담아 먹었는데,

남쪽 지방에서 쓴다는 방아잎, 초피 열매는 여전히 지식에 머물고 있다.

TV에서 본 방풍나물이 궁금해서 한번 사서 죽을 끓이고 부침개를 해 먹어 보았다.

오, 이런 맛이야?

은은한 향과 깔끔한 맛이 좋았지만 언제 또 해먹을지는 모르겠다.

된장을 풀어 시래기를 넣고 푹 끓인 시래기 갈빗국은 어릴 때부터 종종 먹었는데.

어머니 투병 중에 해산물로 낸 육수에 된장을 풀어 두부를 넣고 시래깃국을 끓여 드렸더니,

"네 덕에 처음으로 시래깃국 맛을 알았다"시며 맛있게 드셨다.

친가, 외가 모두 조부 대부터 도시 생활을 한 집안이다.

그래서인지 나물 반찬이 약하다.

고사리, 도라지, 더덕, 시금치 같이 시장에서 사는 채소는 잘 해먹었지만.

요즘 방송에 종종 소개되는,

예전에는 키우지 않고 직접 채취에 의존했던 산나물이나 들풀 같은 음식은 식단에 없었다.

만약 아버지가 좋아하셨다면 어머니는 얼른 그 음식을 해내셨겠지만.

두 분 모두 모르셨던 것 같다.

모르면 선입견을 갖기 쉽다.

미지의 것에 우리는 턱없는 선망을 갖거나,

반대로 정당한 근거 없이 폄하하기 쉽다.

다른 음식을 통해 나와 다른 것에 마음을 열고

그것을 제대로 알고 정당하게 평가하려는 진지한 태도를 갖게 되면 좋겠다.

사랑하는 마음이 생길 때 우리는 상대를 잘 알고 싶은 열렬한 자세가 되지 않나?

그러니까 맛있게 먹은 낯선 음식은 우리에게 보다 현명해질 수 있는 기회도 준다.

일거양득!

수육 한 덩어리

고깃덩어리를 삶는 음식은 아마 고기 음식에 있어 가장 기초적이고 손쉬운 조리 방법이 아닐까.

닭은 삶으면 백숙이라 부르고.

다른 고깃덩어리를 삶은 것은 수육이라 부른다.

우리 집에서는 그랬다.

삶은 고기를 얇게 저민 것은 편육.

요새 시중에서 편육이라고 부르는 삶은 돼지 머리 고기를 납작하게 눌러 편으로 썬 것은,

그냥 '돼지 머리고기 누른 거' 라고 길게 불렀다.

삶은 소머리 편육도 잘 먹었다.

(더 맛있었다. 내 입에는.)

우리 어머니는 우설 편육, 즉 담백한 소 혀 삶은 고기를 좋아하셔서 소 혀를 정육점에 특별히 주문하셨다.

소의 혀는 얼마나 크던지.

그때는 소 머리든 돼지 머리든 한 마리 단위로 미리 주문한다.

그러면 맛있게 삶아서 편으로 썰어 커다란 이반에 담아 집까지 가져다 주었다.

지금처럼 공급자가 만들어 소량으로 나눠 파는 시스템이 아니었다.

양이 많기 때문에 명절이나 잔칫날에 맞춰서 잔칫상에 올리는 음식이었다.

그러니까 고급 음식이라 할 수는 없는데 늘, 손쉽게 먹는 음식은 아니었지.

돼지고기 수육은 냄새를 잡는 것이 관건이다.

돼지고기 편육은 아버지가 좋아하셔서 우리 집 밥상에 자주 오르던 메뉴였는데.

여러 부재료를 넣고 삶은 돼지고기 덩어리는 건져내어 무거운 것으로 밤새 눌렀다.

두꺼운 나무 도마, 돌덩어리, 무거운 냄비 같은 무게 있는 부엌 도구들을 동원해서 고기 덩어리를 직육면체의 네모 모양으로 만들어 낸다.

그래서 얇게 썰어 내면 얼마나 쫄깃쫄깃 하게.

새우젓을 다지고 깨, 고춧가루, 다진 파와 다진 마늘, 참기름 등으로 버무린 양념과 같이 낸다.

우리 아버지는 돼지고기 편육은 꼭 이 새우젓 양념에 찍어 드셨다.

우리 집에서 소고기 수육은 고기에 우선하는 용도가 있었다.

명절 날, 잔칫상에는 항상 마지막 식사로 따끈한 녹말 국수를 올렸는데,

녹말로 만든 국수에 고명을 얹어 소고기 국물을 말았다.

(원래는 소고기 국물에 돼지고기, 닭 국물도 섞는 거다.

그 과정이 번거로워 보통 소고기 국물만 쓰곤 했다.)

소의 양지와 사태로 국물을 끓이는데,

국물 맛이 충분히 우러나기 전 고기 맛이 좋을 때 일부는 건져낸다.

요게 수육이 된다.

소고기 수육은 국물을 자작하게 부어 따뜻하게 내어서 주로 간장을 기반으로 하는 맵싸

한 양념장에 찍어 먹었다.

톡 쏘는 겨자 양념과도 잘 어울린다.

또는 소고기 수육을 편으로 썰어서 밤, 배, 당근, 오이, 새우, 문어, 버섯 같은 색색의 재료들과 함께 냉채를 만들어 내기도 했다.

잣을 갈아 넣은 부드러운 잣 소스 또는 매콤한 겨자 소스를 함께 내어

각자 수육과 재료를 접시에 담아 소스를 버무려 먹었다.

요리를 먼저 먹고 마무리로 먹는 녹말 국수는,

뜨거운 고기국물(육수보다 묽은 국물이었다)에 토렴한 국수에,

고명을 올리고 따듯한 육수를 붓는다.

그 고명으로 고춧가루를 넣어 매콤하게 버무린 숙주나물, 오이무침과 함께 편으로 썬 수육을 몇 쪽 올리는데.

그 아래에는 삶은 고기를 결대로 잘게 찢어 갖은양념을 한 고기를 소복하게 올린다.

맛도 좋고 보기에도 좋은 우리 어머니 녹말국수!

이제는 추억으로만 남았구나.

국물 맛을 내느라 마지막까지 삶아 낸 소고기는 맛이 떨어진다.

국물 맛을 제대로 내기 위해서 소고기가 많이 들어가니 늘 고기가 남는다.

이렇게 진국이 빠진 삶은 소고기를 결대로 잘게 찢어서 간장, 소금, 다진 마늘, 다진 파, 고춧가루, 참기름, 깨소금 같은 갖은양념에 버무린다.

밥이랑도 먹고,

밀국수에도 얹고.

찌개 끓일 때도 넣고,

맨입으로도 집어 먹었다.

잔칫상의 부산물이랄지.

여행기를 읽다 보면 가끔 어느 나라 시골 잔치에 초대되어 잔칫상을 받았다, 는 일화가 등장하더라.

아직도 지구 위에서는 결혼, 명절, 세례, 생일 같은 인생의 고비마다 집에서 큰 잔치를 벌이고.

이때 온 마을 사람들을 불러 잘 차린 밥상을 대접한다.

우리나라도 그랬었다.

50년도 전에 있었던 우리 할머니 칠순 잔치에는 모든 자손들이 모여 집에서 잔치를 열었는데.

아는 사람들이 끝없이 찾아와 할머니의 건강과 장수를 축원했고,

지역 걸인들까지 마당에 따로 밥상을 받았었다.

식민지 시절과 전쟁이라는,

오랜 시간의 궁핍과 비참함을 견디고,

피나는 노력으로 가난에서 막 벗어나던 시절.

먼저 형편이 나아진 사람들이 아직 고난에서 벗어나지 못한 친지들에게.

잔치는 명절과 통과의례를 핑계로 벌이는 음식의 향연이었다.

맛난 음식을 수북하게 아낌없이 차려서는.

허리띠 졸라맨 밥상에서는 맛볼 수 없는 호사도 누려보고.

고된 생활에 지친 몸과 마음을 위로하면서 우리 힘을 내보자!

이런 응원과 격려와 각오의 자리랄지.

그 자리에는 항상 삶은 고깃덩어리, 수육이 있었다.

아마 당시 생신, 결혼식, 집들이 같은 잔치에 가장 흔하게 등장했던 메뉴는 돼지고기 편육, 명태전을 비롯한 전 종류, 불고기, 닭백숙, 홍어회, 나물들, 잔치국수, 떡, 과일이었을 것이다.

머리 고기를 포함해 돼지고기 편육은 김치와 짝을 이루어 잔칫상 가운데 자리를 차지하고는,

남자 어르신들께는 술안주로.

부인들과 아이들에게는 밥반찬으로 큰 존재감을 가졌다.

그렇게 초대받아 잔칫상 앞에 앉은 손님들 마음이 기쁘기만 했을까.

어른이 되어 보니,

답답한 처지에 안 그래도 우울한 심사가 남의 집 흥겨운 잔치로 더 서글퍼진 손님도 있을 테고.

꼭 와야 할 자리라 오긴 왔는데 형편이 어려워서 얄팍한 부조금으로 손이 부끄러운 새가슴 친지는,

마음을 달래려 자꾸 술잔만 들이켰을지도 모르겠다.

슬픔과 고단함과 지루함과 답답함을 안은 내 심정을 아는지 모르는지, 세상은 빙빙 돌아가고.

그러다 어떤 기쁜 날,

무리해서 푸짐한 밥상을 크게 차려 평소 오그라들었던 가슴도 쭈욱 펴고,
맛있는 밥상에 흥겨워서 술잔도 부딪치고 노래도 한 소절 부르고 그랬던 거
지.

전 지지는 풍경

명절은 집안 가득한 음식 냄새로 기억된다.

나물 데치는 풋내.

갈비찜이 익어가는 짭짤 달콤한 냄새.

생선 다듬는 비릿한 냄새와 잡채를 마무리하는 참기름 냄새.

그리고 무엇보다 내 방까지 스며들었던 전 지지는 냄새.

마루에 여자들이 둘러앉아 지져내던 녹두전, 관자전, 대구전, 육전, 동그랑땡, 버섯전, 고추전, 연근전, 호박전, 미나리초대...

전이 빠진 명절이 있었을까?

전 없이 치르는 잔치가 있었던가?

좋은 날, 흥겨운 날, 기쁜 날, 신나는 날.

그득한 밥상에는 갖가지 전이 수북이 담긴 접시들이 놓여서는,

들뜬 사람들의 방문을 받았다.

땅에서 자란 풀과 열매와 뿌리와 곡식 가루.

소와 돼지.

바다에서 나온 생선과 조개들, 오징어와 새우.

더해서.

시큼한 김치, 먹다 남긴 김밥도 기꺼이 전이 되어 준다.

소시지와 햄 같은 다른 나라 출신도,

통조림 참치도 우리나라에서는 따끈한 전이 될 수 있다.

먹을 수 있는 어떤 재료든 우리는 전으로, 부침개로 만들어 버린다.

뭐, 어렵기나 하던가?

먹기 좋게 손질한 재료에 살짝 간을 하고 곡식가루를 묻혀서는

계란 옷을 입혀 기름으로 달군 팬에 지져내면 끝!

찹쌀가루 차전이나 메밀가루 메밀전은 물에 개어 지지면 완성.

밀가루에 김치 다져 넣고 물에 잘 개어 지지면 시큼한 김치전이,

부추를 썰어 넣으면 부추전.

감자는 갈아서 또는 채를 쳐서, 아니면 동그랗고 얇게 저며서 갖가지로 지지고.

방아잎도, 두릅도, 고구마도, 배추 이파리도, 무까지도 모두 모두 전이 될 수 있다.

애호박은 납죽납죽 썰어서,

아니면 가늘게 채를 쳐도,

또는 씨를 파내고 다진 고기를 넣은 소를 채우거나,

얇게 저민 애호박 위에 동그랗게 새우를 얹거나,

모두모두 애호박전이 된다네.

좋아하는 재료 한 가지도 되고.

어울리는 재료 여럿이 함께 해도 좋고.

새큼한, 달큰한, 짭조름한, 고소한, 아삭한, 매콤한, 덤덤한.

기름진 맛도, 상큼한 맛도, 꾸덕한 맛도.

재료에 따라 거의 모든 맛이 가능한 무한의 세계다.

금방 만들어 뜨끈뜨끈해도 맛있고.

식어도 날름날름 맛있다.

한꺼번에 만들어서 냉동해 두었던 것을 다시 데워도 꿀맛이지.

이렇게도 저렇게도 자유자재.

융통성 있고, 재료에 구애 받지 않는다.

값지고 귀한 재료도,

들에서 뜯은 파릇한 풀도 지지면 향긋한 전이 되고 부침개가 된다.

가리지 않고 차별하지 않는다.

전과 부침개는 특별한 날에만 먹는 요리가 아니다.

손쉽게 늘 우리 밥상에 오르는 친근한 반찬이다.

간식으로, 밤참으로, 군것질거리로도 전은, 부침개는 인기가 좋다.

고급 도시락에도 전은 등장하고,

급식에도, 편의점 도시락에도, 시장 노점에서도 전은, 부침개는 스테디셀러다.

전은 울적한 기분도 달래 준다.

주룩주룩 비 내리는 퇴근길에 사람들은 자석에 끌리듯 전집 골목으로 들어선다.

술 한 병, 갓 지진 굴전 한 접시,

하루의 업무를 함께 한 동료들이,

오랜만에 연락된 동창들이,

기름 냄새 진동하는 시끌시끌 전집에 둘러앉았다.

사는 게 어디 쉽나.

자잘하게 긁힌 마음,

짊어진 삶의 중압,

앞을 내다볼 수 없는 막막함.

빗줄기가 건드려 놓는 서글픔은,

서로서로 권하는 전 한 입으로 다독다독 보살핀다.

사는 게 뭐 별거야?

그럭저럭 마음 달래며 아직은 살 만하다고 집으로 돌아갔을까?

우리 아버지도 그러셨다.

전을 좋아하셔서 명절 전날이면

전 지지는 어머니 곁에 작은 술상을 차리시고,

금방 지져내는 따끈한 대구전, 깻잎전에 술 한 잔 드시고는 하셨지.

애써 괜찮은 척, 힘 센 척하셨지만.

여리고 섬세하며 예민했던 아버지.

꿈을 꾸었고,

자유롭고 싶어 했던 아버지.

그러나 충실한 일상의 무게를 조금도 덜어 내지 않고

스스로 몽땅 짊어지셨던 아버지.

유난히 마음이 아린 날이면,

늦게 퇴근한 아버지는 어머니께 전 한 접시 부탁하셨다.

어머니가 지져내는 동태전 한 접시 친구 삼아,

아내와 자식들에 둘러싸여 술 한 모금 입에 털어 넣으셨다.

잘하고 있는 걸까?

제대로 가고 있는 건가?

묻고 고민하고 갈등하셨겠지.

당신의 쓰린 심정 슬쩍 꺼내 볼까도 하셨겠지만.

아버지 마음의 공허함을 알 리 없는 철없는 자식들은

접시의 전만 낼름낼름 입에 넣을 때.

아버지께서는 자식들 앞으로 접시를 밀어 놓아주셨다.

아버지와 어머니와 어렸던 우리들.

그 시절 모든 것이

그립습니다.

죽 이야기

죽을 좋아한다.

죽은 우리 집 식탁에 자주 올랐다.

소화력이 떨어지는 체질이라 몸의 요구가 있어서인지 모르겠지만,

누룽지죽, 콩나물 죽, 닭죽, 소고기죽, 새우죽, 전복죽, 팥죽, 아욱죽, 시래기죽...

죽이라면 재료 불문 다 잘 먹는다.

단, 맛있어야 함.

시중에 죽 집도 성업 중이고,

레트로트 식품으로도 많이 나와있지만,

입맛이 어머니 죽에 길들어 있어서인지

시중에서 파는 죽은 한번 먹으면 더는 못 먹겠더라.

그래서 낑낑,

죽 한 그릇 먹겠다고 수고스럽게 죽을 내내 젓고 있다.

예전에 내가 아프면 어머니는 입맛을 떨어뜨리지 않도록 온갖 죽을 번갈아 끓여 대령하셨다.

죽에 잘 어울리는 반찬까지 함께.

집에서도 먹고 도시락으로 학교에도 싸갔다.

어머니 죽은 손이 많이 간다.

불린 쌀을 불에 올려 끓기 시작하면 내내 저으셨다.

쌀알에 물이 완전히 흡수되어 통통해진 쌀알이 물기와 분리되지 않도록 오래오래 저으면서 끓인다.

그렇게 끓인 죽은 식어도 물기가 생기지 않고 식감이 차지다.

그 맛에 익숙하니 쌀알을 갈아 물기 흥건하게 후루룩 끓여 낸 죽은 우리 집에서 환영받지 못한다.

어머니 마지막 시기에 죽을 드셨는데,

여러 가지 죽을 매일 끓이기가 힘들어서

콩나물 죽, 팥죽, 소고기죽 같은 죽 두어 가지 한꺼번에 끓여서

드실 때마다 조금씩 덜어 전자레인지에 데워드렸다.

그 예민한 입맛에 그렇게 내놓는 죽이 달가울 리 없었을 텐데.

딸 힘들까 봐 아무 말씀 안 하신 걸 생각하니,

후회가 될 뿐이다.

예전에 런던 갈 때 몸이 안 좋은 적이 있었다.

비행기 타고 가는 내내 으슬으슬 춥고 머리가 아팠다.

따끈한 고기 국물 훌훌 들이마시고 뜨끈한 온돌방에서 한숨 푹 자고 나면 개운해질 것 같았지만,

뭐 현실은 좁은 비행기 안.

짐을 끌고 헤매다 호텔에 들어갔을 때는 몸이 녹초가 되어있었다.

침대에 쓰러져 있다가 그냥 자버릴까, 싶었지만 바깥은 너무나 화사한 6월이라.

서양식 수프도 아니고 일본식 라멘도 아닌

꼭 쌀로 끓인 따끈한 죽 한 사발 먹어야겠다, 싶더라.

비실거리는 몸으로 시끌벅적한 차이나타운으로 가서,

죽을 파는 식당을 찾아내 생선죽을 주문했다.

쌀알을 갈아내 후루룩 끓인 물기 흥건한 죽이었지만,

부드러운 쌀 맛에 따듯하고 간이 잘 맞아서 맛있게 먹었지.

지끈지끈 아픈 머리와 으슬으슬한 몸은

그렇게 죽 한 그릇으로 개운해져서.

나는 화창한 6월의 런던 속으로 활기차게 걸어 나갈 수 있었다.

나에게 중국 요리란?

우리 아버지는 중국 음식을 좋아하셨다.

아버지 자랄 때는 청요리였겠지.

동네에는 아버지가 전용하시는 중국집이 있었다.

아버지 지인들이 오셨다가 아버지가 환자 보느라 바쁘시면,

그분들끼리 알아서 그 중국집에 가서는 요리 시키고 고량주 마시고 신나게 놀고 계셨다.

당연히 계산은 뒤늦게 가신 아버지가 하심.

영업장에서 종일 자리를 지켜야 하는 자영업자들에게는 시간만 많은 백수 동창들이 모인다.

넉넉해 보이는 자영업자가 겪는 애로사항 중 하나겠다.

그 중국집 주인은 유명한 고급 중국요리점 주방장 출신이어서 요리 솜씨가 뛰어났었다.
무엇보다 보통의 동네 중국집에는 없는 후식이 화려했는데,
주인아저씨는 우리에게 특별한 후식을 그때그때 만들어 주시곤 했었다.
과일, 고구마, 전분 반죽 같은 여러 재료를 튀겨서 달콤새콤한 양념에 볶아내는 부드럽고 뜨거운 후식들.
지금 유행하는 탕후루와 비슷하긴 한데 그때 그 맛은 아닌 것 같다.
어딜 가야 그 맛을 다시 먹을 수 있을까?

집에서도 중국풍 요리를 종종 먹었다.

어머니가 재창조한 중국 음식들이었다.

요새 유행하는 멘보샤는 우리 어릴 적에 많이 먹었던 음식이다.

어머니는 중국집 멘보샤처럼 새우를 넣기도 했지만.

꽁치 통조림을 넣어 튀긴 멘보샤를 내기도 하셨다.

꽁치의 비릿한 맛도 잘 어울린다.

또 고추잡채는 피망 대신 우리나라의 매운 고추와 덜 매운 고추를 섞어 넣어 칼칼한 맛을 내고.

아이들이 좋아하는 난자완즈는 소고기와 돼지고기를 갈아 빚은 완자를 미리 잔뜩 만들어 두었다가.

그때그때 아이들 요구에 따라 난자완즈, 햄버거, 함박 스텍, 동그랑땡(우리 집에서는 동전이라 불렀던) 같은 다양한 음식으로 응용하셨다.

우리 가족은 거의 매주 일요일 오후에 교외로 나들이를 갔다가 저녁을 먹고 돌아오곤 했는데.

모든 음식을 섭렵했지만 중국 요릿집을 제일 많이 갔다.

그래서인지 지금 형제들이 모여서 외식할 일이 생기면 자연스럽게 중국음식점으로 발길이 향하더라.

옛날 그 맛이 아니야,

투덜거리면서도.

뜬금없이 떠오르는 음식들

아무 생각 없이 멍하니 있을 때가 있다.

(사실은 거의 그렇게 시간을 보낸다.)

그렇게 한참 있다 보면 공기 같은 의식 위로 상념의 부스러기들이 먼지처럼 툭툭 떠다닌다.

때로는 감정의 파편이기도 하고,

어떤 때는 지나간 어느 날의 정지 화면이기도 하다.

가끔은 먼 옛날 의문 가득한 미스터리로 봉인되었던 일이,

갑자기 이면을 보여주면서 감춰졌던 해답을 드러내기도 한다.

이를테면 썸 타던 상대방의 변덕스러웠던 언행이,

아마 그조차도 분명히 인식하지 못했을 청춘의 자존심과 협량한 이해력과 현실에 대한 번민.

그런 것들이 어른이 되어버린 나의 눈에 확연히 보이면서.

잘 가라 내 청춘,

미숙했던 우리들.

픕,

너그럽게 그 시절을 떠나보낼 수 있는 것이다.

멍하니 앉아 있는데 입가에 미소가 번졌다면,

그건 즐거운 추억이 떠오른 거겠지?

맘에 드는 옷차림으로 한껏 모양을 내고 나갔는데,

때마침 내가 좋아하는 아이랑 마주쳐서 서로 뺨이 발그레했던 기억이라거나.

치사하고, 유치하고, 속 좁고, 매우 잘난 척했던 천방지축, 안하무인의 20대를 떠올리다가,

부끄러움으로 마음이 막 괴로워지기 3초 전에,

내가 그래도 이만큼 컸구나,

한심했던 그 시기를 빠져나와 다행!

- 뭐 이런 식의 아전인수로 급선회했다거나...

(나는 스스로를 괴로움에 가두는 사람이 아니다.

자신에게 매우 관대하심)

그렇게 무념무상으로 창밖을 멍하니 바라보고 있다가,
까맣게 잊어버린 옛날 음식이 떠오르기도 한다.

그럼, 의식 저편에서 문득 떠오른 옛날 음식 몇 개 풀어볼까여?

* 칼피스

나 꼬맹이 시절, 한 댓살? 그 언저리 몇 년.

'이 왕가' 댁이라고 부르는 집이 있었다.

조선 왕실 후손인데, 산 하나가 다 그 집 정원이었다.

그 안에 돌담을 두른 커다란 한옥집이 안겨 있었지.

한동안 그 댁 뜰 한 귀퉁이에서 음식점? 카페? 그런 영업을 했던 것 같다.

(지금 그 집 자리가 호텔이다.)

아버지 따라 몇 번 간 기억이 있는데,

꽃과 나무 가득한 뜰의 테이블에서 아버지와 아버지 동료 분들이 이야기를 나누시고.

나는 칼피스를 쪽쪽 마시던 기억이 떠오른다.

우유 기반하여 만든 이 음료는 지금 우리나라에 비슷한 것이 있지만 칼피스라는 용어는 눈에 띄지 않는다.

어렸던 나는 칼피스를 좋아해서 어딜 가나 칼피스를 마셨다.

근대 시기부터 일본에 칼피스라는 음료가 있더니,

아마 그 영향으로 우리나라에서 1960년대까지 카페 같은 곳에서 칼피스를 팔지 않았나, 싶다.

* 화교 중국집의 물만두와 오향장육

칼피스와 비슷한 시기.

종로에는 화신백화점과 신신백화점? 이 있었다.

신신백화점(확실치 않아요...)은 요새 시장처럼 통로 공간에 지붕이 덮인 아케이드형 건물로 기억되는데,

그 안에 화교 아저씨의 물만두 집이 있었다.

아버지 외출 길에 종종 동행했던 나는 늘 물만두와 오향장육을 먹었다.

(혹시 그 두 가지 메뉴만 했던 건 아닐까?)

체격이 큰 주인아저씨는 한국어가 능숙하지 않았던 것 같았는데,

오물오물 잘도 먹는 나를 향해 씨익 웃으시면서 뭐라 뭐라 알 수 없는 말을 하시던 기억이 지금도 남아 있다.

언젠가 미국 L.A.에 갔다가 코리아타운 언저리,

교포들이 잘 간다는 중국음식점에 간 적이 있었다.

서울에서 살다 미국으로 이민 간 화교 가족이 운영하는 가게여서 우리 식의 중국요리를 내셨다.

서울에서 왔다니까 가족 모두 반가워하시며,

우리는 어디 살았다 하시며 서울 소식을 묻는데.

그때 우리나라는 제도적으로 화교 분들의 생존권이 보호되지 않던 시절이어서,

한국에서 살기 힘들어 미국으로 이민을 가셨을 텐데.

그런 사연을 가진 화교 분들이 한국을 그리워하고 서울 소식을 듣고 싶어 하는 모습에 미안하고, 고마워서 뭉클한 심정이 되었었다.

* 일식집 소고기 튀김

1960, 70년대 아이들이 어렸을 때 가족들이 일식집에 가면,

부모님은 초밥이나 회를 드시고,

아이들은 소고기 튀김을 먹었다.

중국음식점의 '소고기 텐뿌라'가 다소 묵직하다면,

일식집 소고기 튀김은 그에 비해 가벼운 느낌이었다.

소고기 튀김은 우리 집 아이들이 다 좋아하는 메뉴여서 음식이 나오자마자 빈 접시가 되었지.

아, 배부를 때까지 먹고 싶다, 는 소원이 있었는데.

지금은 일식집에서 소고기를 튀기지 않는지,

여전히 소원을 못 이루고 있다.

* 브라질 아이스크림

나는 중학교 다닐 때 수업 시간 중에는 매점, 하교 뒤에는 학교 앞 '분식센터' 단골이었다.

수업 끝나면 친구들이랑 분식센터에 들러서 일단 배부르게 드신 뒤 개천 따라 걸어 큰 길에서 집에 오는 버스를 타고는 했었다.

튀김, 만두 같은 음식을 자주 먹었던 것 같다.

다른 메뉴는 기억이 흐릿한데 식사를 하고 나오면서 가게 앞에 기계가 놓여있던 '브라질 아이스크림'을 꼭 먹었던 기억은 확실하다.

요새 어느 외국계 대형 가구점에서 파는 소프트 아이스크림과 비슷한 맛으로, 콘에 짜 주던 묽은 아이스크림.

왜 이름이 '브라질 아이스크림'이었을까?

* 비후까스

양식집 메뉴 중에 '비후까스'가 있었다.

소고기를 얇게 펴서 넓적하게 튀긴, 원래는 서양식 슈니첼 또는 비프커틀릿이었겠지.

중국집의 소고기 덴푸라, 일식집에서는 소고기 튀김을 좋아하는 입맛답게

양식집에 가면 꼭 비후까스를 주문했었다.

나중에는 돼지고기로 만든 돈가스가 유행이다가,

지금은 일본식 돈가스가 우세라 얇게 편 돈가스는 경양식 풍이라고 명맥은 유지하더만.

'비후까스' 하는 집은 어디 없나요?

* 멕시칸 사라다

내가 중고등학교에 다녔던 70년대는 청바지와 통기타로 대표되는 청년문화가 한창이었다.

명동에는 원두커피를 파는 카페와 클래식 음악을 듣는 음악감상실에 당대의 멋쟁이들이 모이고.

손님들이 번갈아 직접 무대에 올라 노래를 부르던 식당 또는 찻집도 있었다.

당시 서양에서 유행하던 히피 문화가 한 다리 건너 들어온 우리나라에서는 풍족한 물질과 고급한 문화가 앞서 있는 서구에 대한 동경이 한창일 때라...

한국식으로 변형된 양식을 파는 경양식집이 유행이었다.

그 메뉴 중에 '멕시칸 사라다'가 있었다.

채친 양배추에 당근, 햄, 계란, 건포도 같은 다양한 재료를 마요네즈 기반 드레싱으로 버무린,

타원형 접시에 볼록하게 솟은 모양으로 푸짐하게 나오던 멕시칸 사라다.

중, 고등학생 때 겉멋이 팍 들어서 사복을 입고 모자로 단발머리를 감춘 채

언니, 이모 따라 명동을 돌아다니던 나는 경양식집, 카페에 드나들면서 즐겨 먹었던 메뉴였지.

정동에 있던 이탈리아 식당도 그립고,

역시 정동에 있었던 완탕집도 떠오른다.

친구들이 당주동에 있는 음악 틀어주던 분식집에 열광할 때,

시건방졌던 나는 그런 곳에 다녔단다!

소박했던 70년대,

청바지와 통기타로 대표되는 청춘들은 그때 자유와 정의를 외쳤더랬다.

그 세대 분들은 사회에 나와서 일도 억척스레 하시고, 경제 발전에 기여도 큰데.

일부, 그냥 일부 그 시대 분들은 권력과 돈에 매우 탐욕스러우셨고,

말로는 민주주의라면서 실상은 자기 편의대로 법을 유린한 탐관오리들이 많은 세대이기도 하다.

부동산 투기에 열광하셨고,

자기 이익을 위해서만 살아온 세대답게 재산도 많을 텐데,

여전히 지독히 이기적인 세대로 늙어버렸다.

물론 일부의 사례입니다.

화채를 아시나요?

계절, 기후 상관없이 1년 내내 각종 과일이 넘쳐나는 시대이니

언제든 싱싱한 과일을 골라 먹는다.

집에서도 손쉽게 여러 가지 과일 주스를 만들어 먹고,

가게에는 온갖 색깔과 향을 뽐내는 현란한 음료가 계절마다 등장한다.

그래서 인가, 우리 어릴 적에 즐겨 먹었던 화채는 기억의 저편으로 밀려난 것 같다.

화채가 뭐예여?

요새 아이들은 눈을 동그랗게 뜨고 되물으려나.

우리 어릴 적에 과일이 풍성한 여름은 시원한 화채의 계절이기도 했다.

제일 흔하게는 수박화채.

물이 뚝뚝 떨어지는 붉은 수박을 썩둑썩둑 잘라서.

커다란 쟁반에 수북이 담아 방에 들여가면.

와르르 달라붙은 아이들은 금방 파란 껍데기만 남겼다.

손님이 오신다면 일부러 과일을 잘라 화채를 준비하기도 했지만.

어쩌다 과일이 많거나 (금방 먹지 않으면 곧 물러지기 때문에),

혹은 맛이 맹탕이라(이런 경우가 드물지 않았다) 배부른 식구들의 외면을 받았을 때,

어머니는 과일로 화채를 만드셨다.

씨를 발라낸 수박 과육을 모양내어 작게 잘라 설탕을 뿌리고,

사이다를 붓고.

과일이 맛없으면 주스 가루('탱'이라는 미국산 가루 주스가 있었다)도 넣고.

딸기나 복숭아, 참외, 포도 같은 먹다 남은 과일 조각도 모양 있게 잘라서.

(드물지만 파인애플 통조림이 찬조 출연하기도 한다)

냉장고에 넣는다.

시간이 지나 냉장고에서 과즙과 설탕과 탄산이 잘 어우러지고 시원해졌을 때.

어머니는 화채를 꺼내 유리 보시기에 덜고 얼음 조각을 동동 띄워 주시면.

꼴딱꼴딱 조바심 치던 아이들은 냉큼 받아 쭈욱 들이켰지.

하,

차갑고 달콤한 액체가 목구멍을 지나 식도를 달려가는 신체 구조가 확연히 감지되면서,

입안은 얼얼하고 몸에는 소름이 돋는다.

우리들은 그릇 바닥에 남은

과즙이 빠져 맛이 없어진 과일을 어물어물 씹으며 금세 사라져 버린 달고 시원한 여운을 아쉬워했다.

겨울에는 보통 식혜나 수정과를 해 먹었다.

우리 어머니는 수정과를 자주 만들어 주셨다.

(그때 식혜는 우리 집에서 인기 있는 품목이 아니었다.)

생강과 계피에 설탕을 넣고 한 솥 끓여 장독대 항아리에 넣어두면 추운 날씨에 살얼음이 어는데.

따듯한 아랫목에 들어앉아서 뻑뻑한 고구마, 쫀득한 가래떡으로 목이 메일 때.

곶감 조각을 넣고 수정과를 부어 꿀떡꿀떡 마신다.

나 어릴 때 한동안 아마 재종고모 (정확히 아버지와 어떤 관계인지는 모르겠다... 아버지 육촌 누님이시긴 한데) 되시는 분이 건너 동네에 사셨다.

일제강점기 때 그 댁은 만주 봉천에서 살다 왔다는데.

형제들만 주르르 있는 지방 도시의 우리 아버지 어린 시절,

봉천이라는 먼 곳에서 온 당숙 네의 네 자매가 어린 소년에게는 이국적인 문화 충격이었는지.

나폴나폴 원피스를 입고 깔끔하게 머리카락을 묶은,

하얀 얼굴의 누나들 얘기를 해주신 적이 있었다.

초등학생이었던 나는 몇 번인가 그 댁에 혼자 놀러 다녔다.

대학생 언니, 오빠들이 반겨주고 재종고모는 나 먹으라고 이것저것 꺼내 주시는데.

겨울에 놀러 가면 추운 마루 끝에 두었던 들통에서

살얼음이 낀 과일 화채를 퍼담아 주셨다.

여름의 화채와 다른 점은 물에 사과, 배, 귤을 잘라 넣고 설탕을 듬뿍 뿌려 푹 끓여서 (분명히 생강이나 계피 같은 향신 재료가 들어갔을 것이다.) 차갑게 얼려 먹는다는 점.

새콤달콤+ 뒷덜미가 당길 만큼 쨍~했다!

서울에서 의전을 다니다가 일본으로 유학을 다녀온 신여성이었던 재종고모는,

어린 나와 따끈한 아랫목에 이불을 덮고 앉아서 이가 시리게 차가운 겨울 화채를 먹으며.

아득한 표정으로 당신 학교 다닐 때 얘기도 해주시고

유명한 사람이 된 동창들의 학창 시절 얘기도 들려주셨다.

또래 친구들이 조잘조잘 어울려 놀기도 바쁜 나이.

친구도 많고,

결단코!

재잘재잘에서 뒤지지 않던 그 어린이는,

왜인지 나이 드신 친척집에 혼자 놀러 가서 천연덕스럽게 밥상을 받고 옛날 얘기를 듣던.

풉,

좀 별나셨..

양키 물건 - 미국을 선망함

새 학년이 되었다.

입을 꼭 다물고 새초롬한 표정으로,

낯선 친구에게는 절대 먼저 말 거는 일이 없던 나.

성격 좋은 아이가 먼저 다가와 우리는 친구가 되었다.

더 친해지면서 친구는 나를 집으로 데려갔다.

덜렁덜렁 책가방을 들고 재잘재잘 떠들면서 즐겁게 도착한 친구 집에서,

친구는 조심스럽게 마루에 있는 자개 장식장을 열쇠로 열고

선반에 있던 '탱' 주스 가루를 꺼내 컵에 덜고 물을 부었다.

머뭇머뭇 내가 주스 마시는 모습을 눈동자를 반짝이며 쳐다보던 친구.

수돗물 맛이 강했던,

밍밍한 맛을 얼른 삼킬 수 없었던 나.

아이는 친구를 대접하고 싶은 마음에 아끼는 주스를 꺼내

엄마가 하는 대로 주스 가루를 아주 조금 넣었겠지.

안 먹으면 안 먹지 먹을 때는 제대로 먹는다-는 주의인 우리 집에서는,

늘 맛과 색이 충분할 만큼 넉넉한 분량을 넣어 주스를 만들었기 때문에 친구가 타 준 싱거운 '탱 주스' 맛이 영 어색했던 거였다.

해외여행이 자유화되기 전에,

우리나라에 일반 소비재 수입이 금지되어 있던 시기에 캐나다에 갔었다.

쇼핑몰은 화려하고 거대했고,

체육관만 한 슈퍼마켓은 당시 우리로서는 상상을 넘는 규모로,

이전에 다녀온 유럽이나 일본과는 다른 차원의 압도적인 크기와 물량으로 보였었다.

가정부 일을 하러 동남아 지역에서 온 어느 부인은 커다란 슈퍼마켓에 쌓인 엄청난 물건을 보고 눈물을 흘렸다더라.

"여긴 먹을 게 이렇게 많은데,

우리 아이들은 먹을 게 없는데..."

경제 성장은 쭉쭉 뻗어가고 있었지만 여전히 초라하고 뒤쳐진 개도국이었던 우리나라.

더구나 군인들이 쿠데타로 권력을 잡아서는 억압적으로 나라를 운영하던,

경제적으로 부패하다고, 수상쩍은 권력에 시달리던 1980년대의 대한민국 사람으로 나는,

민주주의 나라들인 선진국에 가면 왠지 위축되는 기분이었는데.

게다가 우리는 비싼 가격을 지불하고 떳떳하지 못한 경로로 구입하는 '양키 물건'들이,

이렇게 싼 가격으로 동네마다 흔하게 쌓여 있는 거였구나,

하는 사실을 직접 확인하니 뒤통수를 얻어맞은 불쾌함이랄까.

크게 속은 느낌.

'탱 주스 가루'에 황송해했던 초등학생의 기억이 문득 떠오르면서 기분은 더 어두워졌었다.

아무리 공공연하게 팔린다지만 양키 물건은 명목상으로는 불법적인 거래여서,

조금이라도 떳떳하지 않은 일은 못하게 했던 아버지(돌이켜보니 아버지는 나중에 내가 캐나다에서 느꼈던 불쾌감을 이미 느끼고 계셨을지도 모르겠다).

어머니는 조르는 우리를 쳐다보며 포기한 듯 짧게 한숨을 쉬고 '까불이 아저씨'에게 전화를 하시곤 했다.

양키 물건을 취급하는 '까불이 아저씨'는 자전거를 타고 와서 뒤에 실은 레이션 박스를 내려놓고 돈을 받아 갔다.

상자 안에는 우리가 주문한 이다 초콜릿(지금도 잘 팔리는 커다란 판형 초콜릿을 왜 그렇게 불렀는지?), 오레오 과자, 새알 초콜릿, 드롭프스, 리츠 크래커에 건포도, '탱 주스', 코코아, 치즈, 버터, 마요네즈와 케첩, 통조림 같은 먹을 것들이 가득하다.

아이들은 벙글벙글 손에 쥐고, 입에 물고 신났다.

입이 꼭 휘파람을 불고 있는 모습이던 '까불이 아저씨'는 늘 유쾌한 표정이었다.

소풍날이어서 특별히 원하는 것을 고르도록 직접 가게로 갈 때도 있었는데,

상가 안에 있던 조그만 좌대 위에는 상관없는 아무 물건 몇 개가 허술하게 놓여있을 뿐이고.

내가 원하는 제품을 말하면 아저씨는 진열대 아래에서 물건을 꺼내 주거나.

"잠깐 기다려~" 하고는 바람처럼 달려가서 점퍼 안에 물건을 품고 나타나곤 했었다.

'양키 물건'은 미군 PX에서 미 군속을 대상으로 판매하는 미국 물건들이,

가족을 통해 시중으로 흘러나오는 것들이었다.

손을 거칠 때마다 물건에는 마진과 위험수당이 붙어서 최종 소비자가 지불해야 하는 가격은 꽤 높았고,

그에 더해 불법이라는 꺼림칙함까지 감수해야 했다.

(가끔 단속은 했으니까)

그래도 사게 되는 이유는 시장에는 그만한 제품들이 없어서 이미 맛을 본 아이들의 성화를 어머니는 이길 수 없었으니.

어머니는 아이들에게 입단속을 시키면서 '까불이 아저씨'의 단골 고객이 되었던 사연이다.

외제품 불법 거래는 그것만이 아니었다.

옛날 방물장수처럼.

고위층, 사업가 집집을 다니면서 보석, 고급 의류, 모피, 그릇 같은 밀수품을 파는 부인들이 있었다.

그 남편들은 불법을 단속한다고 국민들에게 으름장을 놓을 때,

그 아내들은 태연하게 홍콩에서 왔다는 보석을 고르고 사업가 부인이 대금을 치렀다.

명동의 고급 옷가게들에는 밀수된 고급 옷과 가방, 신발들이 국산 제품 한 겹 뒤에 줄줄이 걸려 있었지.

여고, 여대 동창회에선 일제 그릇, 독일제 냄비 계도 했는데?

직접 살림에 쓰기도 했지만,

언제 시집 갈 지 모르는 딸 혼수를 장만한다고 비싼 돈을 들여 살림을 사서는 고스란히 모셔두고는 했다지.

가난해서, 초라해서, 배운 게 없어서.

영어를 못해서, 덩치가 작아서, 모르는 게 많아서.

부패해서, 독재 국가라서, 자유가 없어서.

공정하지 못해서, 정의롭지 못해서...

강대국 미국에, 잘 난 서유럽에, 약삭빠른 일본에,

부끄럽고 주눅 들었다.

잘 나고 싶다는 급한 마음에 그들의 껍데기라도 뒤집어썼겠지.

그들의 모든 걸 선망하고 갈망하고 욕망해서 막 터질 것 같았던 시절.

그래서 앞뒤 가리지 않고 달리기만 했던 지난 시간들.

병든 어머니 곁을 지키면서 외출도 못하고,

호흡이 긴 책을 읽을 체력도, 마음의 여유도 없었던 지난 몇 년 동안.

나는 세계 여행을 다니는 청년들의 블로그들을 찾아 읽었다.

많은 청년들은 당당하게 세계 곳곳을 누비면서 구김살 없이 사람들을 만나고 찬찬히 세상을 알아가고 있었다.

다른 나라의 표면과 이면을 주의 깊게 살피면서

동시에 우리의 현재 모습을 객관적으로 파악하려는 노력이 엿보였다.

우리가 해낸 민주적 성취, 사회적 성과를 평가하면서 청년들은 우리나라에 자부심을 가졌다.

내 눈의 들보는 보지 못하는 나는 한 것도 없이 남의 일인 양 세상을 관망만 하고 살면서,

우리 세대가 행한 속물적이고 이기적인 행태에 실망하여.

윗세대들처럼 우리 세대 또한 생계에 매몰된 '실패한 세대'라 단정하는데 주저하지 않았다.

그런데...

우왕좌왕하는 혼돈 속에서 그래도 이뤄낸 게 있었구나.

좌충우돌 극성스럽게 달려오면서 우리 세대는 꽤 많은 장애물들을 극복해왔구나, 싶더라.

말로는 도덕군자면서 사실은 도둑 심보였던 위선의 시대를 어느 정도는 극복하고.

그 시절에 우리가 부러워했던 것들을 지금은 많이 갖추고 있다.

이만큼라도 이루고 극복하기까지 우리 세대가 얼마나 몸부림쳤는지,

우리끼리는 안다.

막상 당사자들은 여전히 열등감에 빠져 있지만 말이다.

이렇게 당당하고 구김살 없이 잘 자란 자식들을 낳고 키워냈으면서,

왜 우리 세대는 여전히 어려웠던 시절의 망령에서 벗어나지 못하는가?

2부, 밥을 먹다

감자야, 고마워

어머니는 여덟 시간에 걸친 담도암 수술을 받고 꼬박 한 달을 병실에 계셨다.

수술은 잘 됐다는데 팔순이 넘은 고령이어서인지 다른 환자들에 비해 회복이 더뎠다.

회복 과정에도 우여곡절이 있었는데 무엇보다 통 식사를 하시려 들지 않아서 자식들의 애를 태웠다.

병원 음식은 맛이 없어서 거부하시고,

죽은 싫다 하시고..

집에서 만들어간 된 음식을 드셨다가 수술이 아물지 않은 상태에서 무리였는지 탈이 났다.

그러고는 완전히 음식을 거부하셨는데 평소에도 아무리 몸에 좋다 한들 당신이 내키지 않는 음식은 안 드시는 분이어서,

도저히 몸에서 받지 않는다고 하셨다.

체중은 죽죽 내려 앙상한 상태로 퇴원을 하게 되었다...

온갖 산해진미를 차려도,

즐겨 드시던 반찬을 해봐도 반응이 영 시들, 시들.

에고, 밥상 차리는 딸은 걱정이 가득했다.

이어서 항암치료를 받아야 하는데,

얼른 체력을 키워야 하는데.

마음은 조급하지, 바닥으로 내려앉은 식욕은 요지부동이지,

수술이 끝이 아니로구나.

때는 6월 하순.

주문한 햇감자 한 상자가 배송됐다.

보슬보슬 감자를 삶아 식탁에 올려놓았더니 엄마 시선이 식탁으로 돌아가신다.

어라, 엄마 손이 감자한테 뻗어나가네.

오, 한 입 드시네!

드실 만 해?

격렬한 사투를 벌이고 지칠 대로 지친 몸은,

화려하고 뽐내는 잘난 음식이 아니라

고요하면서 보드라운 감자에게 마음을 열었나 보았다.

삶은 감자가 불러낸 실오라기 같은 식욕은 감자 볶음, 감자전, 감자구이, 감잣국을 거쳐.

콩국으로, 새우구이로, 도가니탕으로 확대되었고.

어머니는 체중이 늘면서 4주마다 3박 4일씩, 6차에 걸친 항암치료를 무사히 마칠 수 있었다.

우리 집에서는 워낙 감자를 잘 먹었다.

고추장찌개에도 감자가 듬뿍 들어가고.

추운 겨울날 아침으로 뜨끈한 감잣국을 한 사발 먹고 현관문을 열면

추위야 덤비시든지?- 기백이 넘쳤다.

간식으로 종종 준비해 주셨던 감자부각.

아버지 독일 유학에서 돌아와 어머니에게 주문하셨다던 도톰한 감자튀김.

소고기를 넣어 빡빡하게 졸이는 감자조림.

바삭하고 부드러운 감자전.

감자채 볶음.

감자 사라다!

감자 크로켓.

감자밥,

매운 고등어조림에도 감자,

맑게 조기를 지질 때도 감자!

닭고기 오븐구이의 동반자, 감자.

감자탕에는 알감자,

삼겹살 구울 때는 얇게 저미서 함께 굽고.

감자의 담백하고 은은한 맛과 부드러운 식감은 어떤 재료들과도 조화를 이루어 다양한 맛의 음식을 만들어 낸다.

나서지 않고, 튀지도 않고, 별나지도 않고, 수더분한 듯, 무던한 듯.

그러나 확실한 존재감을 가진 감자는 비싸지도 않고

(감자 재고가 줄어드는 봄에는 비싸진다!),

어디서나 구하기도 쉽고.

사시사철 우리 밥상을 묵묵히 지켜준다.

고맙다, 감자.

네 덕에 잘 먹고 사는구나.

누룽지를 사랑함

우리 어릴 때는 식구가 많아 커다란 솥에 매끼마다 밥을 했다.

그러니 누룽지가 얼마나 많이 나왔겠나.

밥을 퍼내고 솥에 물을 부어, 펄펄 끓여, 구수한 누룽지와 따끈한 숭늉을 만들지.

뜨끈한 누룽지는 담백하면서도 부드러워 밥맛이 없을 때도 짭짤한 반찬이면 목으로 술술 넘어갔다.

아버지는 한여름에도 꼭 따끈한 숭늉을 찾으셨다.

숭늉 한 사발로 식사를 마무리하시고는 개운한 표정으로 자리에서 일어나셨지.

따끈따끈한 누룽지를 밥솥 모양 그대로 들어 올려 설탕을 뿌린다.

요건 간식.

아이들은 쟁반 앞에 둘러앉아 경쟁적으로 누룽지를 뜯어먹는데,

쟁반이 비면 바닥에 떨어진 설탕까지 손가락에 묻혀 쪽쪽 빨아먹었다.

밥솥에서 꼬들꼬들 눌은 도톰한 누룽지는 적당히 뜯어 볕에다 바짝 말린다.

커다란 주머니에 넣어둔다.

우리들이 학교에서 돌아오면 몇 줌 꺼내 기름에 튀긴다.

쌀알이 부풀어 오른다.

건져서 설탕을 뿌린다.

치르르, 순식간에 설탕이 녹는 소리.

담담한 쌀 맛과 고소한 기름 맛과 달콤한 설탕은 참으로 조화롭다.

쌓여 있던 누룽지 튀김 더미는 눈 깜짝할 새 사라지는 마법을 일으켰다.

20대 한동안,

누룽지에 유난히 집착한 적이 있었다.

우리 집에서는 나 때문에 누룽지가 꼬들꼬들하게 구워지도록 솥밥을 해야 했다.

오도독 오도독 누룽지를 씹어 먹으면서.

아마 나는 불안정한 20대,

욕심과 현실의 간극에 빠져버릴 수도 있었던

헷갈리고 혼란스러운 곤란한 시기를 흔들흔들 걸어갔는지 모르겠다.

지금도 조그만 솥에 하루 먹을 밥을 한다.

솥 바닥에 살짝 밥이 눌어붙으면 밥을 덜고 뜨거운 물을 부어 팔팔 끓인다.

후루룩 따끈한 숭늉을 마시고 바닥에 고인 퉁퉁 불은 밥알을 떠먹는다.

그래야 오늘도 밥을 잘 먹었구나, 하는 기분이 든다.

어머니와 홍성 여행을 두 번인가 갔었다.

텅 빈 느낌을 주는 홍주성을 좋아했다.

나무 이파리들이 푸르고 나날이 무성해지던 이른 여름날,

간단하게 아침을 먹고 기차 타고 홍성역에 내렸다.

시내를 내려다보는 역에서 홍주성 쪽으로 방향을 잡고 느릿느릿 걸었다지.

아침 일찍 간단히 밥을 먹고 나온 때문에 허기가 이는 시간이었다.

시장을 지나가다가 상가 대부분은 아직 문이 닫혀 있는데,

정육점을 겸한 고깃집 하나가 문을 열고 있었다.

문에 붙은 메뉴판에서 '육회'를 본 순간.

이심전심 모녀는 묻고 답할 새도 없이 쓰윽,

가게 문을 밀고 들어가 자리를 잡고 앉아서,

흠.

그때 먹은 시골풍 육회와 따끈따끈한 누룽지가 얼마나 맛있었는지.

언제 또 갑시다, 여러 번 말은 했지만 다시 가보지 못했다.

그날.

홍주성의 늠름한 나무들은 푸른 이파리들로 시원한 그늘을 드리우고.

사각사각 흔들리는 나무에서 매미는 청량하게 제 소리를 내고 있었다.

나무 아래 제각각 자리를 잡으신 어르신들은 시원한 바람에 한가히 시간을 흘리고.

성 한편, 복원된 옛날 옥사는 100여 년 전쯤.

사방이 뚫린 감옥에서 추위에 떨며 억울하게 매질로 죽음에 내몰렸던 이들이 겪었던 지독한 고통을 내게 생생하게 전해주어,

나는 통증으로 몸을 부르르 떨었다.

찌개는 맛있어

음식에 관한 이야기는 넘치지만

집에서 직접 음식을 만들어 먹는 횟수는 줄어드는 이 시점에서.

집에서는 되도록 간단한 음식, 손이 덜 가는 음식을 만들고, 먹는다.

더구나 아파트 생활은 냄새나는 음식, 판을 크게 벌리는 일거리는 피하게 만드니,

갈수록 생활이 축소된다는 생각이 들 때가 있다.

막상 하면 못할 것도 아니던데 생각만으로 미리 힘들어지는 건 왜일까?

국이나 찌개 같은 국물 음식은 여러 가지 재료가 필요하고 그 재료 손질이 번거롭다 보니,

만드는 횟수가 점점 뜸해진다.

(원래 음식이라는 게 불 쓰는 건 잠깐이고, 먹는 건 순간이다.

재료 준비가 '거의 다', 임)

국물에 염분이 많아서 건강에 좋지 않다는 주장도 있고.

하지만 외식으로 국물음식은 꽤나 인기가 있다.

수많은 국밥집과 탕, 전골 메뉴들을 보라.

맛있는 국물 음식이 있으면 밥 한 그릇 뚝딱이다.

밥은 곁들여 먹는 반찬이 맛있어야 잘 먹힌다.

반찬이 마땅치 않으면 후루룩 삼킬 수 있는 국수나 빵으로 식사를 '때운다'.

우리 집에서는 고추장찌개를 잘 먹었다.

그때그때 소고기, 조개류나 오징어, 무, 두부, 감자, 양파, 버섯, 호박, 고추 같은 여러 재료들이 들어가는데,

고기만 좋아하던 이 어린이는 찌개 그릇에서 고기만 쏙쏙 뽑아 먹다가 한 소리 듣곤 했었지.

김치와 돼지갈비를 달달 볶아 갈아 놓은 콩을 넣어 푹 끓이는 비지찌개는 늘 인기였고,

김치찌개야 물론이고.

아, 시래기 넣어 자작하게 끓이는 게 찌개는 나의 최애 음식!

양념이 밴 게살은 얼마나 맛있는지.

게 향기가 밴 시래기는 또 얼마나 밥에 잘 어울리던지.

친가가 충청도 출신이라 할머니가 아랫목에서 띄운 콤콤한 청국장도 잘 먹었다.

(요건 우리 어머니가 좀 취약한 부분)

생선찌개도 상에 자주 올랐고.

우리나라 대표 선수인 된장찌개는 우리 집에서 그리 환영받는 음식은 아니었다.

대신 고추장찌개에도, 게 찌개에도 양념에는 고추장에 된장을 조금 섞었다.

그래야 고추장 맛이 중화가 된다시네.

찌개가 좋은 음식이라는 생각이 들 때가 있다.

어머니가 식사에 곤란을 겪으시면서 어머니 위주로 음식을 해서 나는 남은 음식을 먹었는데.

가끔 내 밥을 따로 할 때가 있었다.

입맛이 까다로운 부모님의 딸인지라 나도 같은 음식을 줄곧 먹는 사람이 아니라서 여러 반찬이 필요했지만.

반찬을 한꺼번에 여러 가지를 만들 수 있는 상황이 아니니.

(안 먹고 버리는 건 또 엄청 싫어함.)

그럴 때 찌개 종류는 냉장고에 남아 있는 이것저것 식재료를 이용할 수 있고,

혼자 먹기에 나쁘지 않다는 걸 알게 되었다.

간을 심심하게 해서 국물 양을 줄이고 건더기를 잔뜩 넣는다.

고기, 생선 같은 각종 해산물, 여러 가지 채소에 두부, 버섯.

냉장고 사정에 따라 재료를 융통성 있게 넣을 수 있고,

그래서 동식물 영양분을 한 그릇으로 섭취할 수 있다.

든든한 찌개가 있으면 다른 반찬이 허술해도 밥이 잘 먹힌다.

찌개는 혼밥에 장점이 있더라.

멸치와 건새우, 표고버섯, 양파, 다시마, 대파, 무를 넣어 육수를 끓인다.

종종 썬 양파와 청양고추, 마늘, 무에 육수를 부어 끓이다가 된장 조금, 고추장 적당히 풀어.

호박, 느타리버섯, 파, 두부, 소고기,

마지막에 조개관자를 넣어 찌개를 끓인다.

고춧가루도 살짝.

처음에는 찰랑찰랑 국물과 건더기를 그릇에 덜어 먹는다.

팬에 기름 없이 살짝 볶은 죽방멸치, 계란 프라이, 오이지를 곁들였지.

저녁에는 옴폭한 접시에 뜨거운 밥을 담고,

그 위에 남은 찌개 국물 조금, 건더기는 잔뜩 얹어서 덮밥처럼 먹는다.

김과 열무김치를 곁들였다.

진득하게 끓인 찌개는 고추장과 된장, 그리고 동식물의 재료 서로서로의 맛이 각 재료에 잘 배어 있다.

끄윽,

만족스러운 포만감.

입안에 남아있는 감칠맛은 보리차 한 컵으로 지우고.

과일 몇 조각으로 입가심했다.

오늘도 잘 먹었습니다^^

닭, 달걀, 토마토, 양파, 감자 그리고 바나나

외환위기가 일어나기 전인 1990년 대 중후반,

런던의 어느 가을날 아침이었다.

나는 중심가, 대로 뒤편에 있는 호텔을 빠져나와 돌이 깔린 길을 바삐 걸어가고 있었다.

작은 식당들이 모여 있는 거리였는데

센스 있는 간판과 아늑한 조명으로 세련되고 고급스럽게 보이던 어제 저녁의 석조건물들은,

뿌연 아침 햇살 아래 다소 낡고 무거워 보였다.

덧문이 내려진 식당들 앞에 놓인 커다란 쓰레기통과 쓰레기봉투 더미를 지나서 큰길로 쪽.

대형 패스트푸드 가게는 이미 영업을 시작했다.

햄버거, 샐러드, 닭튀김, 감자튀김... 벽면을 둘러싸고 메뉴 사진들이 펄럭이고 있었다.

흘깃 가게를 쳐다보면서 큰 도로를 가득 메운 자동차의 행렬에 행선지를 가늠하다가.

갑자기 양계장 선반에 겹겹이 쌓여서 고기로 키워지는 닭들의 비명소리가

밀려드는 차량들의 소음에 겹치면서.

매일매일 반복되는 그들의 아비규환.

이 순간에도 지구 위 모든 곳에서 셀 수 없이 많은 닭들이 밥상에 오르기 위해 손질되고 있으려니.

생명을 얻어 길지 않은 시간.

좁은 틈에 몸을 지탱하고 오직 인간을 위해 살 찌워야 하는 닭들의 괴로움이,

찰나처럼 내 마음을 깊숙이 찌르고 지나갔다.

직접 여행을 다녀봐도 그렇고,

다른 사람들의 여행기를 통해 봐도

전 세계 어느 곳에서나 닭고기, 달걀, 토마토, 양파, 감자 그리고 바나나는 다 먹더라.

조리 방법도 나라마다 크게 다르지 않다.

때로는 지역의 특산 품종이 있고,

고추장이냐, 간장이냐, 버터냐, 토마토냐 하는 지역마다 잘 먹는 양념과 향신료를 쓰는데.

그래서 때로는 외국인의 입맛에 맞지 않는 경우도 있겠지만.

첨단의 대도시든, 히말라야 산중이든, 라틴 아메리카 사막에서도.

누구나 익숙한 닭, 달걀, 토마토, 양파, 감자 그리고

바나나는 먹을 수 있다.

원산지는 따로 있으나 (바나나를 제외하고는) 어디서나 잘 자라고,

가격은 저렴하고.

다른 식재료들과도 잘 어울려 맛있는 음식을 만들어내는,

영양가 있는 식재료들이다.

닭은 오래전부터 사람과 한 울타리 안에 살면서

꼬꼬댁, 분주히 아침을 알리고,

매일 알을 낳아주며,

때마다 고기까지 내어주는 고마운 동물이었다.

뒷마당에서 종종거리던 닭들은

도시와 촌이 분리되고,

도시가 점점 더 비대해지고,

도시인을 위한 식량 공급이 갈수록 대량화 되면서.

대규모 공장에서 물건을 찍어내듯,

더 낮은 비용으로 더 많은 생산량을 목표로 하는 단순한 '제품'이 되었다.

지구상에서 하루에 소비되는 닭과 달걀의 양은 얼마나 될까?

지구가 통신, 교통, 교류, 미디어의 영향으로 심리적으로나 물리적으로나 급속히 가까워
지면서 그만큼 빠르게 획일화된다는 느낌을 받는다.

세계 어딜 가나 같은 프랜차이즈 식당과 카페가 성업 중이고,

사람들은 익숙한 몇몇 브랜드의 식료품을 집중적으로 소비한다.

또 브랜드는 달라도 알고 보면 같은 회사의 다른 얼굴인 경우가 상당하다.

대규모 프랜차이즈 식당들은 대도시뿐만 아니라 작은 지역까지 파고 들어서

소규모 자본과 노동력으로 간신히 유지되는 자영업자들을 압박하고 있다.

특색 대신 효율성, 솜씨 대신 광고와 이미지가 식당의 정체성을 규정한다.

지구적인 규모의 몇몇 회사들은 그 자체로 제국이다.

그들은 막대한 자본력이라는 영토를 차지하고.

다단계 같은 소영주들을 조직하며,

납품업체와 소비자라는 자체 신민을 거느린다.

마케팅과 홍보는 그들의 통치 수단이다.

동식물을 최대한의 가성비로 생산해내고(생명체가 아닌 단지 '식량').

저렴한 생산 과정으로 식품을 제조하며.

막대한 광고로 제품을 포장하여.

장악한 유통망으로 물건을 판다.

맞춤형 종자를 개발하고,

화학약품과 조제된 영양제를 퍼부어.

최대한의 이익이 보장되는 시점에 수확하는 이 '경제성의' 원칙은,

과연 인간의 이익을 위한 도구로 쓰일 때만 적용되는 방식일까?

그들의 신민에게도 같은 방식을 적용하는 게 아닐까?

그들이 '존중해야 할 인간'의 범주에 과연 소비자는 있는 것일까?

쓰레기 수거 차량이 끼익, 끼익 소음을 내며 톤백을 들어 올려,

안에 든 재활용 쓰레기를 차량 컨테이너에 쏟아 붓는다.

조금 있으면 또 다른 차량이 음식물 쓰레기를 회수해 가겠지.

내 눈 앞에서는 사라지겠지만 최종적인 처리가 어찌 될지는 모르겠다.

과다하게 생산하여 재고와 쓰레기를 남기는 지금과 같은 식료품 생산 방식이 언제까지 계속될지 모르겠다.

많은 사람들이 의문을 품고 더 나은 방법을 찾고 있지만,

지속가능한 해법을 고민하지만...

귀찮더라도 일상의 표면 뒤에서 일어나는 일들에 우리는 관심을 가져야 한다.

고분고분한 생산자와 귀 얇은 소비자로서만 살아가기에는,

우리의 역량은 차고 넘친다.

떡국을 먹으며

어머니 돌아가시고 혼자 지내게 되면서 떡국, 만두 같은 가공식품으로 만드는 손쉬운 일품요리를 확실히 자주 먹게 되었다.

예전에는 고깃덩어리를 푹 끓여 육수를 냈지만 지금은 손쉽게 사골국물 농축액을 쓰거나,

판매되는 곰탕 국물에 넣거나,

아예 인스턴트 떡국도 먹는다.

우리 집에서는 떡국에 꼭 만두를 넣고 볶은 고기와 계란 지단 같은 색색의 고명을 얹어 먹었다.

떡만 넣어 끓이거나 떡국에 만두를 넣거나 하는 건 지역마다 다르더라.

원래 만두 문화가 전국적이지는 않았던 것 같다.

설이 가까워지면 방앗간에서 가래떡을 뽑아 온다.

썰기 좋도록 떡을 꾸덕꾸덕 말리는 동안.

어머니는 어마어마한 분량의 만두를 준비하셨지.

여자 어른들이 할머니 방에 둘러앉아 만두를 빚는다.

누구는 홍두깨를 잡아 넓적하게 반죽을 밀고.

누구는 그것으로 만두피를 만든다.

그 옆에는 여럿이 달라붙어 만두피를 손바닥에 척 얹어서는 숟가락으로 만두소를 떠 넣

지.

보시기에 담긴 물을 손가락으로 콕 찍어서 속 넣은 만두를 야무지게 여며서는,

동글동글 모양이 잡힌 만두들은 커다란 쟁반에 정렬한다.

줄 맞춰 자리 잡은 만두들이 쟁반을 가득 채우면 부뚜막에서 펄펄 끓는 큰 솥으로 들어

가지.

초등학교 2학년이던 이 어린이도 그 자리에 껴서는,

넓게 편 반죽에 주전자 뚜껑을 꼭꼭 눌러 동그란 만두피를 만들어내고.

그러다 싫증이 나면 자리를 옮겨 만두를 빚었다.

잘 빚는다는 어른들 칭찬에 흥이 올라서는. 힘들다, 그만 해라.

하시는 말씀을 안 듣고 밤 늦게까지 만두를 빚다가.

음, 그만 쓰러지셨다.

다음 날, 학교에 못 갔고,

아버지는

"네 덕분에 우리 집 설 쇠는 거 들통 나겠다." 허허 웃으셨다.

그때는 '이중과세'라 해서 음력으로 세는 설날은 못 쇠게 하고,

양력 1월 1일만 설날이라고 하루 이틀 쉬었던 시절이었거든.

허나 우리 집은 상 차려 먹을 기회를 결코 놓치지 않았으니,

티 내지 않고 조용히 설날 상을 차렸었는데.

그날 결석한 학생 집안에서 무슨 일이 일어났는지 선생님은 눈치 채셨을라나.

한동안 구례오일장까지 장 보러 다닐 때.

사방이 뻥 뚫려 찬바람이 쌩쌩 불어대는 설 대목 오일장에서 먹을거리를 잔뜩 사서는.

빈터에 세워 둔 자동차에 꾸역꾸역 밀어 넣고.

시장 앞에 있는 허름한 식당에서 김이 펄펄 끓어오르는 굴 떡국을 먹었다.

멀건 고기 국물에 떡을 듬뿍 넣고는.

국물이 펄펄 끓으면 계란을 풀어 넣고 굴을 한 국자 넣어 한소끔 더 끓여서는.

채친 김을 얹어 스테인리스 그릇에 담아 주었지.

추운데 있다 와서 그런지.

음식이 워낙 맛있어서 그랬는지.

빨갛게 얼어버린 입으로 입천장이 데일 만큼 뜨끈한 국물 한 입 떠 넣고.

보들보들 떡이랑 굴 하나 숟가락으로 떠먹으면.

크,

굴의 비릿하면서 고소한 맛과 향이 입안에 확 퍼졌다.

굴 철이 되면 집에서 굴을 넣은 떡국을 끓여 먹는다.

맛있지.

그런데,

그때, 구례에서의 그 맛은 나지 않는다.

참 맛있었는데.

어느 겨울에 다시 구례에 가서 굴 떡국을 먹으려나?

밤, 대추, 곶감, 은행

밤, 대추, 곶감, 은행.

가을에 얻을 수 있는 귀한 결실들이다.

제사상, 차례상 고정 출연진이고,

음, 값은 좀 나간다.

안타깝게도 나는 이 값나가는 것들을 매우 좋아한다.

아주, 무척, 굉장히...

옛날에 겨울 길거리에서 밤 굽는 냄새, 고구마 굽는 냄새는 길 가던 사람들 발걸음을 세우는 마법이었다.

시커멓게 재가 묻은 장갑을 끼고 원통형의 철망에 넣은 밤을 연탄불에서 구워, 뜨거운 군밤을 집게로 집어 신문지를 접은 종이봉투에 담아 주셨지.

후후, 입으로 불어 그 뜨거움을 쫓으면서

집으로 오는 길, 집이 보이기도 전에 군밤을 다 까먹었다.

나는 가을부터 겨울까지 긴긴밤,

삶은 밤 소쿠리를 앞에 끼고는,

밤을 컥 깨물어 반을 갈라 찻숟가락으로 속을 파먹었다.

으이그 저 밤 귀신,

우리 집 식구들은 나를 그렇게 불렀다지.

초가을에만 맛볼 수 있는 아삭아삭 생대추는 정말 맛있다.

붉은 반점으로 물들어가는 연둣빛 작은 열매를 딱 깨물면 은은하게 상큼하고 달콤한 향기가 입안에 확 퍼진다.

생대추가 올라가는 추석 차례상은 예쁘고 싱그럽다.

두고두고 먹는 말린 대추는 또 다른 맛이다.

초가을 생대추가 과일 맛이라면 말린 대추는 말 그대로 달콤하고 쫄깃한 건과.

쫄깃한 식감과 진득한 단맛은 먹어도, 먹어도 맛있다.

수정과에도, 약밥에도, 쌍화탕, 떡, 갈비찜에도 들어간다.

한약의 쓴맛을 달래주는 데 일등 공신이고,

대추를 듬뿍 넣어 끓이는 대추차는 겨울 추위를 이길 수 있게끔 몸을 따뜻하게 해 준다.

결혼식 끝나고 집안 어른들께 절을 올리는 신랑 신부 폐백 상에는 대추를 실로 이어 높이, 높이 고였었지.

새 부부가 절을 올리면 절을 받은 어른들은 높이 고인 밤은 양 손 가득 담아 던지시고,

높이 고인 대추는 줄줄이 달린 줄을 길게 뚝 끊어서 신부 치마에 던졌다.

아들, 딸 낳고 행복하게 잘 살아라.

깊은 기원이었겠다.

호랑이도 못 참는다는 곶감은 또 얼마나 맛있게?

겉에는 물기가 말라 쫄깃쫄깃하면서도 안에는 부드러운 연시의 맛이 남아 있다.

한없이 먹고는 소화를 못 시켜서 낑낑대면서도 보이면 계속 먹는다.

아삭한 단감도 맛있고,

입과 손은 엉망이 되더라도 달콤한 연시도 좋다.

하지만 여러 달 말린 곶감은 더 좋다.

일 년 내내 먹을 수 있어 행운이다.

어릴 때는 은행 맛을 몰랐었다.

커서 먹어보니 담백하면서도 살짝 톡톡한 맛이, 어머나 딱 내 입맛이네.

한동안은 매일 먹었다.

어머니랑 둘이 먹을 은행 개수를 세어,

한 번에 많이 먹으면 안 된다니 거, 참 안타깝군, 아쉬워하면서.

달군 팬에 기름 두어 방울 뿌려서 은행을 슬쩍 볶는다.

뜨거운 은행을 호호 불면서 속껍질을 벗긴다.

음 맛있어.

아산, 곡교천을 따라서 꽤 길게 은행나무 길이 있다.

참 잘 자란 굵은 은행나무들이 길 양쪽으로 높이 높이 뻗어 있지.

여름에 짙푸른 이파리가 무성할 때도 하늘로 곧게 뻗은 푸른 길은 참 아름다운데,

이파리가 노란빛으로 물들기 시작할 무렵에 간 적이 있었다.

본격적으로 은행나무 단풍이 들어서 사람들이 모이기 전에 미리 은행을 털어 내는가 보았다.

기계로 한꺼번에 우수수 털어내던데,
설마 버리는 건 아니었겠지?

나무 데크로 잘 정리된 은행나무 길은 걷기에도, 보기에도 좋았다.

그 옆으로 느릿느릿 들판을 흐르는 곡교천은 마음을 편안하게 해 주는 평화로운 풍경이다.

도시 한가운데에 이 목가적인 풍경이라니.

가을이 되면 산과 들에 사는 분들이 부럽습니다.

풍요의 계절.

봄에 밭을 갈고 여름 내내 공들여 풀과 나무를 돌본 사람들이,

드디어 결실을 얻는 시기이지요.

농부의 1년을 돌아보며

결실을 얻기까지 들이는 수고를 마음에 간직하겠습니다.

알고 보면 맛있는

우리나라에서 소고기는, 다른 고기도 그렇긴 한데, 머리부터 꼬리까지.

어느 하나 버리는 것 없이 참으로 알뜰하게 맛난 음식을 만들어 먹는다.

대단하신 조상님들.

그런데 소 혀는 다른 부위에 비해 사용도가 떨어지는 것 같다.

탕을 끓이는 음식점에서 국물을 끓이는데 소 혀를 넣으니

수육 접시에는 우설이라 부르는 소 혀가 포함되는 경우가 있는데,

가정집에서는 별로 요리하는 것 같지 않다.

소 혀 수육이 참 담백하고 맛있는데 소 혀를 사기가 쉽지 않지..

예전에도 동네 정육점에 미리 주문해서 구입했는데 가격은 비싸지 않았다.

돼지고기는 삼겹살과 목살에 소비가 집중된다.

물론 고기 맛이 좋아서이겠지만.

그냥 굽기만 해도 맛있게 먹을 수 있어 더 그런 게 아닐까, 싶다.

그래서 돼지고기의 다른 부위는 삼겹살과 목살에 비해 훨씬 저렴하다.

저렴한 부위를 수비드 조리법이나 숙성, 연육 같은 방법으로 맛을 끌어올려 조리해 먹기는 한다.

손이 더 가고 정성을 들인다면 돼지고기의 다른 부위도 얼마든지 맛있게 먹을 수 있다.

사태로는 부드러운 장조림을 만들고.

기름기가 적은 부위는 다져서 양배추 롤을 만든다.

역시 이런 부위를 소고기, 채소와 함께 완자를 만들면 햄버거 패티로, 떡갈비로 먹을 수 있고.

또 거기에 두부를 더하면 동그랑땡, 깻잎전, 버섯전, 만두 등등 응용이 무한대.

가격이 싼 뒷다리살은 얇게 썰어서 고추장이나 간장 양념으로 매콤 달콤 짭짤하게 불고기를 하는데.

도톰하게 채로 썰어서 고추잡채를 해도 좋고,

양념을 맛있게 해서 채소와 함께 볶아도 맛있다.

일본에서는 생강 채와 함께 볶아 먹기도 하던데,

난 맛있게 먹고는 속이 쓰렸다.

위 상태를 고려할 것.

내가 아주 어릴 때 집에서는 돼지기름으로 빈대떡을 지졌다.

꼬맹이이던 나는 부엌으로 연결된 방문턱에 걸터앉아서 돼지 껍질에 붙은 기름은 무쇠판에서 지글지글 녹아버리고,

껍질만 남아 노르스름, 바싹하게 구워지기를 기다렸다.

얼마나 고소하고 맛있게요?

북어는 인기 식품이다.

초상집에 가면 북엇국을 선택할 수 있고,

북어찜, 북어 보푸라기는 다들 좋아한다.

물론 나도 좋아하는 반찬들이고,

함경도 출신 우리 어머니는 북어찜을 참 맛있게 요리하셨다,

식당에서 파는 것처럼 살 부위만 조리하는 게 아니라 커다란 북어 또는 황태를 머리 부위까지 통째로 찜 또는 조림을 하셨다.

가끔 육수용으로 파는 북어 머리 부분만 따로 볶기도 한다.

쫄깃하고 진한 북어 머리 볶음에 맛 들이면 북어 살 부위는 왠지 심심하게 느껴진다.

간이 밴 뼈까지 쪽쪽 빨아먹는다.

우리 집에서 북어찜을 하면 치열한 경쟁으로 머리 부위가 먼저 사라지고.

그 다음에 살 부위를 먹었다.

때로는 조림할 때 바닥에 깐 다시마가 살 부위보다 먼저 사라지기도 했지.

살 부위도 엄청 맛있는데 말이다.

황태 머리 부위만 모아서 육수용으로 싸게 팔기도 하니,

황태 머리 부위를 물에 불린 뒤 깨끗하게 손질해서 찜을 할 때 쓰는 양념장으로 달달 볶아보세요.

손질하느라 손이 많이 가고 양념 맛이 배도록 시간을 들여 진득하게 조리해야 하는데.

요건 함경도 출신이라면 잘 아는, 정녕 밥 도독!

음식의 온도

내가 자발적으로는 외식을 잘 안 하는 사람인데.

수십 년 만에 매일 오전 몇 시간 뭘 배우러 다닐 일이 생겼다.

빈속으로는 집 밖을 못 나가는 사람이라 (약도 먹어야 하고),

잠이 덜 깬 상태로 꾸역꾸역 먹을 것을 속에 밀어 넣는다.

그렇게 나가서 몇 시간 헤매고 나면 배가 몹시 고프다.

냉기가 몸에 스며드는 추운 강의실에서 오들오들 떨다가 바깥의 더 차가운 겨울 날씨가 몸에 닿으니,

눈앞에는 뭉개 뭉개 뜨끈한 국물 음식만 아른거리지.

만둣국, 설렁탕, 감자탕, 우거짓국, 갈비탕, 쌀국수, 순두부 같은 점심을 주로 먹었구나.

마땅해 보이는 식당을 찾으면서 길을 헤매다가 문득 마음이 끌리는 음식점에 들어간다.

식당은 정말 많더라.

그리고 보니 같은 메뉴, 같은 식당을 다시 찾아가지 않았네.

어차피 대단한 밥상을 기대한 건 아니고,

많은 비용을 치른 것도 아니라서 빈약한 재료에 할 말은 없습니다만.

그래도 따끈한 온도는 맞출 수 있지 않을까?

추운 날씨에 먹는 국물 음식은,

더구나 재료가 허술하면 뜨끈이라도 해야 먹을 만한데.

먹은 음식 중에 뚝배기에 담긴 우거짓국과 순두부만 보글보글 끓으면서 나왔었다.

미지근한 국물음식에서는 기름기의 느끼한 맛과 MSG의 인공적인 맛이 더 강하게 난다.

노부부가 운영하시는 오래된 동네 식당 같은 곳에 들어가 떡만둣국을 먹은 적이 있는데,

MSG 맛이 거의 없이 간장으로 간을 맞춘 맹탕 국물이 차라리 맛이 깔끔했었다.

여러 가지 밑반찬이 놓였던 그 밥상.

그러고 보니 요새 식당에서는 밑반찬이 점점 사라지고 있구나.

예전처럼 주르르 나물반찬을 하는 데는 손길과 비용이 많이 드니,

인건비도, 솜씨도 이제는 따라가기가 어렵겠다.

음,

그래도 단무지 몇 쪽만 달랑 따라 나오는 점심은 섭섭하더군.

고기도 밥도 국물도 다 식어버린 돈가스 정식을 먹은 적이 있었다.

입안에 남은 느끼한 불쾌감을 없애려 커피숍에 들어갔다.

나는 대형 프랜차이즈는 좋아하지 않아 개인이 운영하는 작은 카페를 주로 이용하는데.

그날 들어간 카페에서는 별 생각 없이 라테를 주문해버렸네.

어린 아르바이트생이 어쩌다 찬 우유를 부어버렸는가, 미적지근한 라테를 주더라.

아악!

운 없는 날.

입안에는 찝찝함이 더해졌을 뿐이고.

음식은,

특히 우리나라 음식은 온도가 중요하다.

냉면이 미지근하면, 국밥이 식어버렸으면...

밥 먹는 사람 서러워진다.

장조림!

옛날 옛적에.

학교에 도시락 싸가던 시절.

지금처럼 밀폐용기도 없고 지퍼백도 없었던.

비닐봉지도 아끼느라 깨끗이 씻어서 몇 번이고 다시 썼던 그 시절에.

참기름이나 들기름을 발라, 달군 프라이팬에 살짝 구워서, 도마에 놓고 칼로 반듯반듯 잘라서는,

가는 소금 솔솔 뿌린 김을.

친구들은 라면 봉지에 넣어 노란 고무줄로 칭칭 감아서 반찬으로 싸오곤 했었다.

대개들 도시락 반찬으로 마른 음식을 가져왔지만 매번 그럴 수는 없었으니.

만원 버스에 치이고, 늦었다고 뛰고, 함부로 내던져서 교과서, 공책, 필통과 뒤죽박죽 된 책가방 속에는,

밀폐가 허술한 알루미늄 반찬통에서 새 나온 국물이 불쾌한 냄새를 풍기며 책과 공책, 책가방을 얼룩지게 했다.

특히 흔적이 오래가는 두 가지 반찬,

김치. 그리고 장조림!

우리 어머니는 국물이 흐를 새라 김치는 국물을 꼭 짜서 잘게 썰어 물기 없이 기름에 달달 볶아 주셨고.

소고기 장조림도 미리 간장에서 건져 두어 장조림 국물은 쪼옥 빠진 마른 고기만 쪽쪽 찢어서 반찬통에 넣어 주셨다.

그러면 남은 간장 국물은 어떻게 해결하느냐.

먹죠.

맛있게 먹습니다.

학교 갔다 오면 허기진다.

뜨끈뜨끈 금방 한 흰 쌀밥에,

고기가 조금 남아있는 장조림 간장을 넉넉하게 붓는다.

(채소를 넣고 푹 끓인 장조림 간장은 짜지 않다.)

참기름 몇 방울 똑똑 떨구고.

싹싹 비빈다.

반찬으로는 반드시 잘 익은 총각김치,

그리고 반숙으로 익힌 계란 프라이가 있어야지.

김도 있으면 좋고.

얼마나 맛있게요^^

우리 집에서는 소고기 장조림에 삶은 계란이나 메추리알은 넣지 않는다.

소고기와 대파, 무, 양파, 표고버섯, 마늘을 듬뿍 넣는다.

양파나 마늘이야 끓이는 동안 뭉개지는데.

흐물흐물 해진 무, 대파, 표고버섯은 참 맛있지.

이런 부재료가 넉넉히 들어가면 설탕을 넣지 않아도 자연스러운 단맛이 우러난다.

찬물에 핏물을 뺀 고기를 넣고 끓이다가.

물이 끓기 시작하면 채소를 넣고,

간장은 여러 번 나눠 넣으면서 간을 맞춘다.

이렇게 하면 고기가 부드럽고 고기에 간도 잘 밴다.

끓는 중에 마른 고추 두어 개 던져 넣고.

맨 나중에 참기름 조금, 그리고 불 끄면서 식초 몇 방울로 마무리하면 맛이 깔끔합니다.

기름기 적은 돼지고기로 장조림을 만들면 부드럽다.

소고기 장조림과 미묘하게 다른 식감과 맛.

시간이 좀 걸리고 정성이 필요하지만,

장조림은 특별한 솜씨 없이 과정만 잘 지키면 누구나 맛있게 만들 수 있고.

또 집에서 만드는 비용과 시장에서 사는 가격 차이가 크다.

요새 시중에서 파는 장조림은 너무 달아.

도대체 뭘 넣어서 이렇게 단 건지?

국물은 아주 멀겋고 말이지.

한식에 관한 생각

여러 번 글에 썼듯이,

요리 솜씨가 좋을뿐더러 음식 만드는 모든 과정에 철저하셨던 어머니는,

날이 갈수록 외식을 싫어하셨다.

딸의 음식 솜씨가 뛰어나지도 않으며,

상에 올리는 음식의 폭이 넓지도 않아서 매양 그 밥상이 그 밥상이었는데 말이다.

문제는 이제 나도 그렇다는 점이다.

밖에 나가 있다 보면 외식을 하게 되는데 집에서 배운 대로 되도록 음식을 남기지는 않아서 꾸역꾸역 먹기는 하지만.

자꾸 눈에 거슬리는 점들이 보인다.

오해를 부를까 조심스러운데,

지금 우리 음식은 지나치게 가성비를 따지면서 비용을 낮추는 방향으로 이루어진다는 생각이 든다.

식당의 상업성이 가정에까지 밀려들어와 집밥이 식당 음식을 따라간다.

그림책 속의 궁중음식을 제외하고는 중산층의 가정요리는 거의 사라지고,

가성비를 따지는 상업화된 음식이 한식의 표준이 되어버린 느낌이다.

빠듯한 생활과 고단한 노동에 쫓기던 서민들이 짧은 시간에 흔한 식재료로 바쁘게 만들어 먹던 간편한 음식도 우리의 중요한 전통이고.

비교적 생활이 안정되어 전업주부가 살림에 몰두할 수 있었던 중산층의 공들인 음식도 우리의 귀중한 자산이다.

그런데 가정에서도 비용과 자극적인 맛과 외형을 강조하는 상업적인 음식이 한식의 모든 것인 양 압도적인 권력을 갖게 되면서,

솜씨 좋은 주부들이 이어온 우리 가정요리의 전통은 존립이 위태롭게 보인다.

주로 상견례나 어르신 생신 모임이 열리는 고급 한정식 식당에서는 시대에 발맞추는, 신경 쓴 깔끔한 한식을 내기는 하는데.

내가 보기에 가격의 한계 안에서 음식 자체보다는 인테리어, 그릇, 모양에 비중을 더 두는 느낌이다.

식당 입장에서는 건강한 재료보다 근사해 보이는 밥상을 원하는 고객의 요구를 따르게 되어 있으니,

공급자만 탓할 건 아니겠지.

요새 음식들을 보면 가정이나 식당이나 생선이나 고기, 채소 같은 식재료 손질이 너무 거칠다.
김치와 깍두기는 한 입을 넘어서는 크기라 이로 잘라먹어야 하니 보기에 좋지 않을뿐더러,

양념이 재료에 잘 배이지 않고.

생선은 내장은 물론 아가미의 근막, 피를 모두 제거하고 깨끗이 씻어서 요리를 해야 비린 맛, 쓴맛이 나지 않는데,

현실은 대충 손질한 재료를 진한 양념으로 가릴 뿐.

닭고기는 내부의 핏물과 어마어마한 기름기를 되도록 긁어내야 맛이 깔끔하고 건강에도 이롭지.

버섯도 물로 씻어야 한다고 버섯 재배하시는 분이 말씀하셨다.

채소는 특히 손이 많이 간다.

일일이 흙을 털어내고 이파리 하나하나 흐르는 물에 씻어주세요.

음식이라는 게 손이 한번 갈 때마다 비용이 추가되니 늘 원가 압박에 시달리는 업주 입장에서,

손님 눈에 보이지 않거나 맛을 크게 좌우하는 문제가 아니라면 되도록 손길을 아끼려는 태도가 이해는 가지만.

식당 음식은 어디까지나 상업적인 이윤 추구가 목적이라는 점을 잊지 말자.

집에서는 식당 음식처럼 음식을 만들 이유가 없다.

가정 요리는 적은 양의 음식을 만들기 때문에 손질을 더하고 몇 번 더 씻는 것을 습관으로 해버리면,

꼼꼼한 재료 손질이 어렵지 않다.

양념은 적게 쓰고 재료를 충분히, 질이 좋은 것을 써도 전체적으로 보면 비용이 크게 차이 나지 않는다.

하지만 맛과 건강의 차이는 비용 차이보다 훨씬 좋아지지.

예전처럼 많은 식구들이 집에서 매끼 밥을 해먹는 게 아니니 아무래도 음식에 서툰 사람들이 늘어나고,

또 예전에 비해 누구나 음식을 만들게 된 현실에서 입에 익숙한 상업적인 음식을 따라가는 현상이 납득은 가는데.

잊지는 말자,

집밥은 마음과 정성이다!.

3부. 밥을 짓다

인터넷으로 관찰한 식생활

인터넷 커뮤니티에는 온갖 주제의 글들이 올라온다.

그 중에서도 먹는 이야기는 분량도 많고 늘 이용자들의 반응이 활발하다.

먹고 싶은 음식, 오늘 먹은 음식, 내가 만든 요리들.

또 요리 방법을 묻고, 뭘 먹을까 고심하고, 어느 식당이 좋을까요? 질문도 많고.

어느 사이트에서 뭘 싸게 팔더라, 하는 식품 판매 정보도 많다.

틈틈이 커뮤니티를 순례하면서 요즘 식생활의 흐름을 파악해본다.

물론 내가 슬쩍슬쩍 커뮤니티들을 훑어보면서 느낀 내용으로,

이것이 대세다! 라고는 절대 말할 수 없고.

과학적이거나 통계적인 근거도 없다.

내가 본 자료들은 커뮤니티를 자주 이용하고 글을 올리는 적극적인 이용자들의 이야기이며.

이들이 어디에 사는지, 정확한 연령대나 성별에 관해서도 나는 알지 못한다.

그냥 재미로 보자고요^^

남자들은 국밥을 많이 먹나 보더라.

거의 영혼의 파트너,

먹음직한 순대국밥 사진이 올라오면

먹고 싶다, 배고파진다, 와 맛있겠다,

이런 댓글이 주르르 달린다.

아침부터 심야까지, 시간도, 계절의 구애도 받지 않는다.

돈가스를 좋아하며, 떡볶이를 사랑한다.

볶음밥은 상식이고, 비빔국수도 참 애정 하는 메뉴.

칼국수와 수제비를 그리워하고.

만두는 핫딜이 뜨면 허겁지겁 대량 구매하며(집에서 자주 먹는 메뉴더라).

라면에 이것저것 다양하게 재료를 더하면서 진지하게 그 맛을 토론할 만큼 라면 맛에 탐구심이 깊다.

계란은 거의 모든 메뉴의 동반자.

더해서 삼겹살은 진리.

치킨은 고정.

요리에 흥미가 꽤 있고 직접 음식을 만들어 먹는 남자들이 늘어나는 느낌이었다.

결혼하지 않고 집에서 독립한 남자들 중에 살림에 관심이 깊은 사람들이 적지 않은 지,

음식은 물론 인테리어, 옷차림과 소품들, 가구나 살림 도구에도 관심이 크다.

전자제품은 당연히 첫 번째이고.

힘이 좋아서 요리, 가구 조립, 배치, 설치에 유리하다.

독립한 결혼 안 한 여자들은 살림이 싫다, 귀찮다는 말을 많이 한다.

(조용히 잘 하는 사람들이 많을 것이다. 유독 하기 싫은 날에 글을 쓰겠지.)

깔끔하게 살림을 꾸려가는 데 자부심을 가진 사람들이 있는 반면,

힘들어서 대충 산다는 입장도 적지는 않은 듯.

요리는 샐러드나 볶음밥 같은 한 그릇 음식이 다수였고,

친구들이 모여서 음식 먹는 사진을 종종 본다.

예쁨에 방점을 둔 경우가 꽤 있다는 느낌.

📖 **요건 인터넷에 올리느라 일부러 그럴 수도 있겠고,**

특히 예쁘게 밥상을 차린 날 인터넷에 올린 걸 수도 있겠다.

결혼한 여자들은 음식에 관심이 물론 많은데,

신혼 때와 아이가 밥을 먹기 시작할 때 특히 그렇더라.

남편을 향한 애정이 그득했던 서투른 밥상은,

아기가 태어나면 생존식으로 이어가다가.

아이들이 자라면서 아이들 위주로 구성되고,

건강한 음식에 관한 정보를 찾아다닌다.

살림에 몰두한 주부 중에는 전문가 수준에 오른 분들이 적지 않다.

훌륭한 밥상을 매일 매일 차리는 데서 보람과 의미를 찾는 주부들이 있어 보였다.

(전업 아빠들도 당당히 자신의 솜씨를 뽐낸다)

보통의 가정에서는 아이들이 커가면서 매식, 배달 음식, 주문음식 비중이 확실히 높아지는 듯 보였고.

제사, 명절, 손님 식사 초대는 대부분 부정적이라고 봐야 한다.

아파트라는 게 딱 구성원의 일상생활에 맞도록 짜여 있어서

그 선을 넘어가면 일상의 질서가 크게 영향 받는다는 기분이 들지.

양가 부모 포함 외부인과의 식사는 보통 식당에서 해결하는데.

그래도 거절할 수 없는 손님 식사나 마지 못한 제사는 동네 반찬 가게, 주문 음식을 이용하는 경향도 보였다.

최근에는 도시락 형태로 배송되는 주문 식단에 관한 내용이 많아졌다.

주문식에 대한 관심과 사용량이 실제 늘었는지.

아니면 사업자 측의 홍보가 늘어난 건지는 모르겠는데,

일상적으로 식사를 하거나 혹은 다이어트용 도시락으로,

하여간 종종 도시락에 관한 경험담도 올라온다.

열 끼 이상 먹을 도시락이 냉동된 상태로 배송되는 주문식은,

가격이 저렴하다는 것 외에는 시중에서 파는 도시락과 다른 점을 모르겠던데.

제한된 가격으로, 보관과 조리 편이성과 보편적인 입맛에 맞춰서 만들 수 있는 도시락 반찬들은,

기름에 튀기고, 양념에 졸이고, 불에 굽고- 하는 범주를 벗어나지 않는 듯이 보였다.

고급 도시락은 육류나 해산물을 쓴 반찬 가짓수가 더 풍부할 뿐,

조리방법이나 메뉴는 별다르지 않고 한정적이라는 점에서

과연 배달 도시락이 집밥을 대체할 수 있을지, 의문이다.

집에서 손쉽게 먹을 수 있도록 도시락과 택배음식에 대한 수요는 많아 보이는데,

공급의 질은 여전히 만족스럽지 못한 듯.

품목 자체는 성장 가능성이 높은 블루오션이지만 품질 개선이라는 장벽을 넘기가 어려

운 과제로 보인다.

운 과제로 보인다.

사먹는 밥, 해먹는 밥

아무리 맛집이네, 먹방이네 하면서 음식에 관심이 많아졌다지만.

빤한 수입에, 매일 사 먹어야 하는 밥.

메뉴판 500원 차이에 선택을 망설인다.

한 끼 식사에 지불할 수 있는 액수는 뻔하고,

그 가격으로 내놓을 수 있는 음식도 뻔하다.

식당에서 임대료와 인건비는 어쩔 수 없는 부분이니,

식재료를 싸게 살 수 있는 경로, 더 싼 재료로 대체할 수 있는 조리법으로 음식의 형상과 맛을 그럭저럭 맞춘다.

집에서 해 먹는 밥도 한정된 생활비 안에서 장을 볼 수밖에 없지만,

그래도 집밥은 가족들의 건강과 입맛이 우선이다.

가급적 좋은 재료를 찾고, 맛을 낼 만큼은 재료를 쓴다.

파는 음식은 돈을 벌기 위한 것이니 수지타산을 맞출 수밖에 없다.

가격에 재료를 맞추고, 분량을 아낀다.

고기가 풍성하게 들어가야 제맛이 나는 불고기와 제육볶음,

주재료가 넉넉해야 맛이 나는 매운탕, 아귀찜에는 채소만 잔뜩이다.

주인공은 어디 갔나요?

대부분의 만두 소는 무말랭이와 당면이 거의 다이고,

고기를 넣었다 해도 저가 부위로.

순대는 당면 부스러기로 속을 채운 분식집 당면순대가 대세가 되었고.

소고기 볶음이 충분히 들어간 옛날식 김밥은 찾기 어렵다.

원래부터 김밥에는 햄과 소시지가 주인공인 양,

그것도 아끼더니 어묵이 들어가고.

비싼 시금치는 일찌감치 사라졌고,

버석버석한 계란말이 찔끔.

당근 채는 기름에 볶지 않은 날 것으로 그 양이 지나치고,

풀 냄새 나는 생오이를 채쳐서 넣는다.

(나는 날 오이가 싫어)

단무지는 너무 굵다.

예전에는 부엌에서 처리되어 상에서는 볼 수 없었던 김밥 꼬투리가 이제는 당당하게 한 자리 차지한다.

영 적응이 안 됨.

잡채는 일찌감치 소고기는 적게 넣거나 돼지고기로 대체되었다.

채소도 조금, 목이버섯, 표고버섯은 아예 자취 없이 거의 당면으로만 볶은 잡채도 있던 걸.

(이쯤 되면 잡채가 아닌 당면 볶음이라 불러야 옳다, 음식 자체에는 유감 없음)

우리 외할머니 김말이에는 고기와 두부, 채소를 잘게 다져 갖은 양념으로 간을 맞춘 소

(만두 속과 같다)가 들어갔었는데,

요즘 김말이 속에는 당면뿐이네.

동태전의 동태포는 너무 크고, 대구전은 시중에서 찾기 어렵다.

생선조림에 생선 조각은 조그마한데 무는 크기가 과하고,

그러니 양념이 지나칠 수밖에.

소고기와 돼지고기 다짐을 섞어 쓰던 동그랑땡, 버섯전, 고추전, 깻잎전에는 돼지고기와 두부만 들어가고.

참기름 대신 참기름 맛의 기름,

빨간 매운맛은 우리가 아는 그 고춧가루가 아닐 수도 있다.

조리 방법도 손쉬운 방향으로 변해간다.

만둣국, 탕평채, 떡국, 비빔밥... 할 것 없이 모두 김 가루를 듬뿍 올린다.

그래서 다들 비슷비슷한, 김의 맛만 나지.

솜씨와 시간, 손길이 필요한 요리보다는 날고기를 직화로 굽고.

생선구이는 냄새 때문에 식당에서 사 먹는 반찬이 되었다.

채소는 조물조물 무침 대신 샐러드처럼 양념을 뿌린다.

그렇게 손이 덜 가는 조리방식이 주류가 되는 느낌이다.

내 어릴 때 우리 한식은 지금 시중에서 흔히 보는 그런 음식만은 아니었다.

좋은 재료를 넉넉히 넣은, 손길이 많이 간 정성스러운 음식이었다.

우리가 즐겨먹는 한식은 점점 가격만으로 경쟁을 하게 되었다.

가격을 낮추느라 재료를 충분히 쓰지 못하니 자극적인 양념과 화학조미료로 맛을 채운

다.

전반적으로 우리 음식의 질이 내려가고 달고 짜고 매운 양념이 과해졌다.

예전에 먹었던 그 맛을 식당에서는 찾기 어렵다.

물론 특출한 재능을 가진 요리사가 가격의 압박으로 고심하다가 새로운 맛의 요리를 발견할 수도 있다.

어쩌면 내가 투덜거리는 요즘 시중 음식이 사람들 입맛에 더 잘 맞을 수도 있다.

가격은 서민급으로 지불하면서 입맛만 귀족급인, 다 내 잘못이다.

그러니 나는 집에서 밥을 해 먹어야 겠다.

솜씨가 떨어지는 대신 재료나 마음껏 쓰면서,

내 입맛에 맞는 밥을 해 먹어야지.

부엌에서 벗어날 수 없는 운명.

끙,

자승자박...

귀찮음을 넘어서

그릇 욕심이 있다.

오래전부터 여행 가면 그릇 한두 개라도 사 왔다.

혼자 밥을 먹어도 예쁜 그릇에 음식을 담아 제대로 상 차리는 걸 좋아한다.

시간이 많고 몸이 바쁘지 않으니 할 수 있는 일이긴 하다.

하지만 관심이 있어야 할 수 있는 일이다.

귀찮음을 감수해야 한다.

바깥일에, 아이들에 치어 밥 먹는 일이 노동이 되면,

먹는 것에도, 상 차리기에도 소홀하게 된다.

또 마음에 괴로움이 꽉 차 있으면,

음식을 하고 밥상을 차리는 일이 힘에 겨울 수 있다.

때로는 더 급하고 소중한 일이 있기에

인생의 어느 시기, 평범한 일상을 희생할 수도 있다.

그래도 그 시기를 잘 넘겨서 한숨 돌리면

아니 힘든 와중이라도 가끔은.

깨끗하게 씻은 예쁜 그릇에,

공들인 음식으로 자신과 식구들을 위한 근사한 밥상을 차리시라, 말씀드리고 싶다.

사람이 생존에 필수적인 수준의 의, 식, 주만으로 살아지는 것은 아니라서.

밥 먹는 데 멋도 부리고 살짝 사치도 하면서 열심히 사는 자신에게 상을 주는 거다

마음을 다쳤을 때도 근사한 밥상으로 스스로를 보살피면서 상처를 치유하는 거다.

허겁지겁, 꾸역꾸역 대충 배나 채우는 사람보다

힘든 시간 중이라도 애써 깔끔한 밥상을 차려 맛있게 먹는 모습이 누가 봐도 더 예뻐 보이지 않겠나.

운명이라는 게 있다면,

청소에도, 밥에도, 마음가짐에도 성심을 다하는 사람에게 도움을 더 줄 것 같다.

흔히들 힘든 세상살이에 절망하면서

아무도 자신을 위하지 않는다고 원망한다.

내가 위함을 구하는 상대방 역시 마찬가지일지 모르지.

뜻이 없는 타인에게 나를 위해 달라, 요구하면 사람이 치사해진다.

억지로 얻어낸 들 기분이 좋을 리가.

스스로 자신을 위하면 될 걸.

값나가는 유명한 상표일 필요는 없다.

도구가 많아야 하는 것도 아니다.

손끝에 조금만 힘을 주어 닦으면 그릇이 뽀송뽀송한데,

설렁설렁 물만 끼얹어 찐득찐득 불쾌한 그릇에 무신경한 분들이 계시더라.

손으로 씻던, 기계의 힘을 빌리던 마음을 써야 그릇도 윤이 난다.

대단한 그 무엇도 순간순간의 사소한 하루, 하루가 쌓여서 이루어진다고 믿는다.

한걸음, 한걸음 공들여 살아가는 나날이 결국은 내 모습을 이룰 것이라 기대한다.

그래서 내가 쓴 컵 하나, 수저 한 벌 제대로 닦는 것이,

그렇게 작은 것에도 정성을 다하는 성의 있는 자세가,

인생에 든든한 발판이 되어줄 것이라 말하고 싶다.

쉬운 밥, 어려운 밥

코로나 19 덕분에 엄마들 요리 솜씨가 일취월장이란다.

학교에도, 밖에도 못 나가고 아이들과 집에만 있으니

식구들 세끼 밥 해 먹고 치우느라 부모님들 고생이 많다.

힘들어도 이 시기를 잘 지내고 나면 가족이 함께 집에서 복닥거리며 하루 세끼 해먹은 날들이, (팬데믹의 혼란을 덮고) 좋은 추억으로 남겠지.

인터넷에 올라오는 글들을 읽다 보면 요새는 남녀 불문 음식 만들기에 관심이 있고,

가벼운 밥상 정도는 다들 차리나 보더라.

경제적 자립이 다가 아니다.

일상생활을 스스로 해 나갈 수 없다면 자신의 생활을 누군가에게 기대야 하기 때문에,

독립적인 삶을 살기가 어렵다.

그런 면에서 경제적 자립과 독자적인 의사 결정,

스스로 청소하고 세탁하며 밥상도 차릴 줄 아는 생활의 자립 능력을 갖춘 요새 사람들은,

진정 독립적인 개인으로 살아갈 수 있겠다.

그렇게 모든 일을 혼자 다 하려니 늘 바쁘고 피곤하다.

손쉬운 음식으로 한 끼 때우는 일이 잦아진다.

손쉬운 데서 그치지 않고 자칫하면 대충대충이 된다.

그래서 음식을 자주 하는데도 늘 초급이라는 좌절감으로 잘해보려는 의욕마저 잃기가 쉽다.

한 단계 뛰어올라야 할 때가 온 것이다.

기억의 왜곡 인지는 모르겠지만 나 어릴 때 우리 집만이 아니라 양가 할머니들 따라 친척 집에 갔을 때도,

(그때는 여자 혼자 외출하는 걸 꺼렸던 것 같다.

아이라도 하나 데리고 나가셨는데 그 동반자로 내가 자주 뽑혔다.)

밥상에 오른 반찬들은 입에 들어가기 좋게 작고 얌전했었다.

손질이 잘 된 식재료는 음식 솜씨가 더 좋게 느껴진다.

재료를 적절한 크기로 준비한 음식은 먹기에도 편할 뿐더러 재료에 양념이 잘 스며든다.

나는 우리나라 음식의 장점 중 하나가 재료에 맞춘 적절한 양념을 미리 해서 간이 잘 배어들게 만드는 조리 방법이라고 생각한다.

대부분 다른 나라 음식들은 양념을 뿌리거나 단순히 버무려만 먹는데 말이지.

우리나라가 치킨 왕국이 된 데는 이런 전통적인 조리법이 바탕이 된 게 아닐까?

그래서 예전보다 음식들 모양이 무척 투박해졌다.

서투른 솜씨와 바쁜 칼질이 그 이유로 보이는데,

속이 넘치고 크기만 한 요새 김밥을 보면 예전의 그 날씬하고 반듯반듯하게 꽉 찬 김밥이 그립다.

시간이 곧 돈이다 보니 식당에서는 짧은 시간에 재료를 대충 자르고, 얼른얼른 음식을

만든다.

그런 음식에 익숙해져서 집에서도 따라 하게 되나 보다.

집이건 식당이건 예전보다 직접 음식을 하는 절대적인 시간과 숙련이 부족하니,

정밀하고 고급진 칼질과 세심한 기술이 모자라겠지.

우리 세대는 대부분 완성도가 떨어지는 음식을 먹는다.

반면에 음식 모양으로 승부하는 일부도 있다.

특히 어린이 도시락.

의욕 충만한 엄마들이 아이를 기쁘게 해 주려고 작은 소시지에 김, 계란, 치즈, 브로콜리 같은 재료로 만화 캐릭터들을 만들어 내는데 재주와 정성이 대단하시다.

일단 감탄과 찬사를 보냅니다만,

소시지 같은 식재료를 많이 쓰는 건 건강에 좀...

맛도 모양만큼은 아닐...

한 마디 덧붙인다면,

밥상 차림에도 신경을 쓰면 좋겠다.

반찬통들이 주르르 식탁에 올라 저마다의 젓가락이 들락날락하다가,

남은 반찬 그대로 냉장고에 들어갔다가 몇 시간 뒤 다시 나오는 상차림은 보기에 좀 그렇지.

침이 묻으면 음식이 금방 상하니 위생 면에서도 좋을 게 없다.

코로나 19가 휘젓고 간 세상은 달라져야 겠다.

밀폐용기에 든 반찬은 먹을 만큼만 꺼내서 각각 접시에 덜고,

국물 음식은 각자 덜어 먹기로.

설거지 거리가 더 나오니 귀찮겠지만

상을 잘 차려내면 고급 식당에서 대접받는 기분도 들고.

위생에도 좋고.

식품 보관에도 낫다.

이참에 바꿔봅시다!

부엌에서 얻은 실전 경제

내킬 때마다 편의점이나 식당, 배달음식으로 끼니를 해결하기 보다,

계획을 세워 장을 보고 부엌에서 직접 살림을 해보는 경험은 중요하다.

살림에 관한 감각이 몸에 익고 무의식 중에 경제관념이 생긴다 할까?

특히 나처럼 널뛰기하는 재정 상황을 겪다 보면 내가 생활에서 뭘 지키고, 뭘 덜어낼지,

곰곰이 생각할 기회가 된다.

그 취하고 더는 것은 전적으로 경제 상황을 따르는 것 같지만,

가만히 살펴보면 결국은 본인의 가치관과 취향이 더 결정적인 것 같더라.

같은 돈이라도 쓰이는 용도가 사람마다 차이가 있으니.

내가 여러모로 계산은 잘 못하는 사람인데

살림을 하다 보니 저절로 알게 된 부엌 경제 몇 가지가 있다.

짠맛을 내는 데는 소금이 저렴하다.

소금도 출신에 따른 가격 차이가 있지만

간장은, 특히 좋은 간장은 가격이 꽤 나간다.

하지만 소금과 간장의 짠맛은 결이 많이 다르다.

소금으로 간을 해서 되는 음식이 있고,

감칠맛이 있는 간장을 넣어야 맛이 나는 음식이 있다.

둘 다 쓰는 경우도 있다.

이를테면 미역국처럼.

또 소금도 천일염, 굵은 소금, 가는 소금, 함초 소금...

맛과 기능이 조금씩 다르다.

서양 음식은 소금과 후추로만 간을 맞추기 때문에

간장의 감칠맛 나는 짠맛에 익숙한 우리 입맛에는 서양 음식이 '그냥 짜다, 너무 짜다' 는 감각으로 느껴질 때가 종종 있는 듯.

김장은 비용이 꽤 드는 행사다.

주재료인 배추 값도 작황에 따라 가격이 널뛰기를 하지만,

고춧가루가 값나가는 양념이다.

(그래서 고추장이 된장보다 비쌈.)

거기에 젓갈, 생선, 새우 같은 부재료를 넣어

한꺼번에 많이 하지 않는가?

그러니 수고 뿐만 아니라 목돈도 들어가는 일이다.

대부분 우리나라에서는 집집마다 김치가 상비 품목이고,

식당에서도 으레 김치가 따라 나오니 김치는 흔한 음식으로 여기지만,

흔하다 해서 싼 게 아니었다.

직접 김치를 담가보면 비용이나 노고나 만만한 음식이 아니라는 사실을 인정하게 된다.

재료가 음식 맛의 적어도 반은 차지한다.

덜 좋은 재료로 아주 맛있고 건강한 음식을 만들어내는 금손도 계시겠지만.

보통의 조리사라면 좋은 재료를 써야 음식도 쉽게 하고 맛도 좋다.

고급 식재료를 먹자는 게 아니다.

건강하고 정직한 식재료에 제값을 쳐주자.

싸게 사서 좋은 것은 철 지난 옷, 신발 정도?

식료품은 건강에 직결되는 문제라 생산자와 소비자 간의 신뢰와 적절한 가격이 중요하다는 생각이다.

보통들 장 볼 때 가격에 민감하다.

더 싸게 파는 것을 찾아내는데 시간과 발품을 팔지.

그러나...

그렇게 사서는 냉장고에서 화석을 만들면 말짱 도루묵이네.

몸에 좋은 재료를 제값 주고 사들여 싱싱할 때 음식 해서

맛있게, 남기지 않고 싹싹 먹어 치우는 게 진정 경제적이라는 생각이다.

주부들이 많이 찾는 커뮤니티에는 한 달 식비 얼마나 쓰세요?

하는 글이 종종 올라오더라.

그 답은 천차만별이다.

당연하죠.

먹는 습관이 사람마다, 집집마다 얼마나 다르게요.

그래도 묻게 되는 것은 이달 식비 지출이 과하다 싶으면 내가 살림을 잘못해서 그런가,

하는 자책이 들어서겠지.

긴장을 풀면 금방 생활이 방만해지면서 돈이 술술 새 나간다.

살림은 고도의 두뇌활동과 실행력, 자제력 등등 다양한 재능을 요구한다.

정신줄 단단히 붙잡고 가족의 반응을 살피며 나와 가족을 보살피자.

서로를 위하고 배려해야 살림의 결과물이 좋다.

가족이 마음 편하고 사이좋은 것만큼 경제적인 게 또 있을까?

살림 열심히 해야 표도 안 나고, 누가 알아주지도 않는다고들 한다.

하지만 대충 하면 딱 표가 난다.

무엇보다 내가 할 수 있는 일, 최선을 다해 의욕적으로 하면 내 마음이 뿌듯하다.

그거면 된 거 아닌가여?

김밥의 조건

김밥을 좋아한다.

우리나라 사람 치고 김밥 싫다는 이가 얼마나 되랴.

김밥에 들어가는 재료는 점점 다양해져서 김밥 전문점에 들어가면 김밥 종류만도 열 가지는 넘는 것 같다.

안에 넣는 주재료를 바꾸면 새로운 메뉴가 되니까 여러 가지를 시도하겠지.

또 유행하는 매운맛이 김밥에도 더해져서 간이 매운 재료를 넣은 김밥을 고를 수 있다.

가게들이 많아서 경쟁도 심할 텐데 기본적인 수요가 많으니 김밥 전문점도 많고.

간이식당, 노점, 편의점 등등 어디 가나 김밥을 쉽게 먹을 수 있다.

값도 저렴해서 김밥에 라면이 국룰이라는 말도 있고!

그런데 같은 재료로 만들어도 맛은 차이가 크더라.

내가 김밥을 좋아해도 어머니 김밥에 익숙해서 예전에는 파는 김밥을 잘 사 먹지 않았었다.

어머니 돌아가시고 혼자 먹겠다고 김밥을 만들어보니.

김밥 한두 개 마는데 준비해야 할 재료들이 참 번거롭구나.

(그런 실감을 한 메뉴가 김밥만은 아닙니다만.

김밥은 먹을 때마다 만들어야 한다는 핸디캡이 있다. 저장 불가능.)

그래서 썩 마음에 들지는 않아도 이 가게 저 가게 좀 나은 곳을 찾아 전전하는 중이다.

일단 가게가 깔끔해 보이면 들어가서 가장 기본적인 김밥을 사본다.

영 아닌데, 하면 그 가게는 다시 볼 일 없고.

이 정도면 뭐, 싶으면 그 다음에 가서 주재료가 다른 김밥을 사보고.

계속 그런 과정을 거쳐서 그나마 낫다, 고 가끔 이용하는 김밥집이 두 곳 있다.

직접 만들 상황이 아닌데 김밥이 정말 먹고 싶거나.

외출에서 돌아오는 길에 허기져서 집에 들어가자마자 먼저 뭘 먹어야 겠다, 싶을 때 김밥을 산다.

내가 이 정도면 괜춘~,

하는 김밥을 살펴보니 몇 가지 공통점이 보인다

우선 재료의 배합이 잘 맞는다.

요새 유행인지 김밥에 날 당근채나 오이채를 지나치게 많이 넣는 곳이 있고.

다른 재료들은 실오라기인데 단무지만 굵은 김밥을 본 적도 있다.

기름기 있는 돈가스나 제육볶음을 넣고는 맛을 보완할 다른 재료가 부족해 먹고 난 뒤에 느끼한 끝 맛이 혀에 계속 남아 불유쾌한 적도 있었고.

또 속재료는 많이 넣고 밥은 얇게 펴 넣는 곳이 꽤 있는데.

재료들 간에, 또 재료와 밥의 균형이 맞는 게 맛을 내는데 중요하더라.

그리고 어느 김밥집이나 양념을 넣어 조미한 밥을 쓰는데 양념의 배합과 분량은 물론.

양념과 밥을 적절하게 잘 섞어서 간이 골고루 은은하게 밥에 배도록 하는 것도 기술이다.

두 번째, 재료를 가지런히 넣고 김밥을 야무지게 잘 말았다.

재료들을 엉성하니 말아서 또는 밥이 너무 얇아서 내용물이 흩어지는 김밥이 적지 않다.

허술하게 말아낸 김밥은 먹기에도 불편할뿐더러 성의 없게 느껴져서 가고 싶지 않다.

김밥을 꽁꽁 힘주어 말아야 재료들 서로의 맛이 잘 어우러지고 속재료들이 흩어지지 않는다.

너무 크게 만든 김밥도 싫다.

입에 쏙 들어가야 먹기도, 보기도 좋다.

마지막으로 김밥에 통깨 잔뜩 뿌리는 게 나는 참 싫더라.

정체 불명의 기름을,

깨끗해 보이지 않는 솔로 쓱쓱 문질러서는,

윤기 없어 버석버석한 원산지 불명의 굵기만 한 통깨로 김밥에 범벅을 해주면,

으으, 싫어~

영혼을 위한 소꼬리탕

밤에 자다가 깨면,

특히 꿈에서 어머니를 만나면.

꿈의 내용과 상관없이 마음이 슬퍼진다.

평소에는 밑도 끝도 없는 낙관으로 평정심을 유지하는데.

한밤중에 잠을 깨어버리면

어둠 속에서 나의 현재를 정면으로 바라보게 된다.

와락,

무서워진다.

1990년 대 중반, 미국 캘리포니아에 자주 갔던 시기가 있었다.

오래 머물러야 하는 일은 아니었지만.

시차 적응한다고, 여기저기 둘러본다고, 몸이 힘들다고...

일단 가면 길게 머무르고는 했었다.

캘리포니아 남쪽에서 북쪽까지 이어지는 1번 도로가 있다.

태평양을 끼고 달리는 이 도로는 풍광이 빼어난데.

L.A. 약간 남쪽 동네에 머물던 나는 종종 남으로는 샌디에이고.

북으로는 어두워지기 전에 돌아올 수 있을 만큼 실컷 내달리곤 했었다.

하얀 벽에 주황빛 기와가 얹힌 낮은 건물들이 푸른 나무들 사이에 점점이 놓여있던 스

페인 풍의 산타바바라는 내가 좋아하는 도시였다.

햇빛이 쏟아지는 푸른 나무의 도시를 이리저리 돌아다니다 보면 살아보고 싶어 졌다.

그보다 더 위로 올라가서 덴마크 사람들이 만들었다는 솔뱅은,

오래되고 예쁜 마을이었다.

소박하면서 견고한 느낌이 있었다.

1번 도로의 동쪽, 태평양을 바라보며 절벽에 드문드문 지어진 커다란 집들이 근사하더라.

석양의 바다를 운전하다 보면 좋은 풍경에도 쓸쓸한 기분이 들곤 했는데,

그런 멜랑꼴리조차 그때는 썩 괜찮게 느껴졌었다.

남쪽 캘리포니아는 늘 따듯하고 화창하지만,

특히 볕이 좋은 날이면 바닷가에 사람들이 많이 놀러 나온다.

모래밭에서 공놀이를 하거나 바비큐를 굽거나, 드러누워 선탠을 하거나.

파란 바다를 바라보는 식당의 테라스에는 사람들이 몰리면서 햇살만큼이나 유쾌한 분위기인데.

우리나라처럼 바닷물에 들어가서 헤엄치는 사람은 거의 없었다.

요트를 타거나 서핑 같은 놀이는 했지만.

그런가 하면 L.A. 에서 내륙 방향으로 멀지 않은 곳에는 황량한 지형이 나타난다.

전혀 푸른색 없이 붉은 바위와 메마른 평지 사이에 한줄기 하이웨이가 놓여 있어서,

자동차들은 한껏 속도를 올리며 쌩하니 달렸다.

그때도 미국에는 한국 식당들이 많았고,

어디서나 우리 음식 재료 구하기는 어렵지 않았다.

뉴욕이나 L.A. 의 코리아타운에는 대규모 한국음식점들이,

한국보다 더 고급스러운 한국 마켓이 성업 중이었고.

우리 전통 음식은 내용물이 참 충실했다.

전반적으로 미국은 그 당시의 우리나라보다 가격대가 있으니 한국음식 가격 역시 한국

보다는 비쌌지만,

미국은 식재료가 싸고 풍부해서인지 양도 많고 음식에 재료를 아끼지 않았다.

L.A. 갈 때마다 내가 먼저 달려가는 식당이 있었다.

한인타운에 있는 허름해 보이는 음식점이었는데 국물 음식을 주로 팔았던 것 같다.

하여간 나는 우리나라 변두리 어디서나 볼 수 있을 법한 그 어수선한 밥집에서 항상 소

꼬리탕을 먹었다.

원래 쫄깃한 소꼬리 음식을 좋아해서 꼬리찜도, 꼬리탕도 잘 먹는데.

아시다시피 한우는 꼬리에 살점이 많이 없지 않습니까?

그래서 고소하고 쫄깃한 살점이 모자라 늘 아쉬움이 있었는데.

미국 소는 슬프게도 오직 살을 위해 한껏 비대하게 키워지는지라,

꼬리에까지 살점이 투실하다.

커다란 뚝배기에 담긴 펄펄 끓는 소꼬리탕이 나오면.

나는 먼저 국물에 파를 잔뜩 뿌리고.

탕에 가득 들어있는 꼬리뼈를 하나 꺼내 접시에 담고 흐물흐물 푹 무른 살점을 크게 발

라낸다.

양념간장을 콕 찍은 고깃덩어리를 입에 넣으면,

크, 입안에 번지는 만족감이라니.

노인은 이국에서 살아간다.

스스로 선택한 땅이고,

태어난 곳보다 더 오래 살았으며,

이제는 익숙하다.

가족이 있고,

인생을 다 바쳐 삶의 터전을 일궈냈다.

그럼에도.

돌아가신 부모님을 만나다 깨는 한밤중 꿈처럼.

이국에서 살아간다는 게 와락 무서워질 때가 있다.

어디로 가야 하지?

여기서, 이대로 늙어가야 하나?

길을 잃은 막막함.

아아, 이국에서 늙어간다는 것은 그런 것이다.

친구들과 잘 놀던 놀이터에서 갑자기 모두가 사라지고,

어둠이 다가오는 낯선 곳에 혼자 남겨진 어린아이처럼.

늘 쓰는 언어는 목에 걸리고,

잘 먹어온 음식은 모래알처럼 서걱거린다.

대단한 경치는 아예 눈에 들어오지도 않지.

고달픔도, 비참함도 견디면서 투지를 불태웠던 용기 있는 청년은 이제 기력이 달리는 노인이 되었다.

내 부모를, 나를 키워준 고향 음식은 영혼에 깊이 아로새겨져 있다.

뼈에 각인된 유전자다.

밀려오는 불안과 외로움과 슬픔과 두려움.

그래서 비틀비틀,

용기 잃은 당신.

희미하게 스치는 낯익은 냄새에 슬며시 눈을 뜬다.

고기와 뼈를 밤새 푹 고아 시간을 오래 들여 만들어 낸 국물 한 사발.

오늘 당신의 서글픔을 함께 울어주는 국밥 한 그릇.

이국에서 찾는 고향 음식은 처연하다.

살아보겠다는 목숨줄이다.

울먹이는 꼬마 아이의 아빠, 엄마! 슬픈 외침이다.

허공을 휘젓는 손짓이다.

소리 내어 엉엉 울지도 못하는 억눌린 비명이다.

흐느끼면서 국밥 한 그릇을 비웠고.

그래서 얻을 수 있었던 한 줌 위안으로 노인은 이국 땅, 내 집을 찾아간다.

또다시 슬픔은 밀려오겠지만.

그날이 올 때까지 나를 지탱해주소서,

오늘 기도할 힘은 얻었다.

집밥의 기술

젊었을 때는 잘한다는 식당들을 찾아다녔고,

근사한 식당이 새로 문을 열면 냉큼 달려갔다.

분위기 좋은 카페 엄청 따졌고,

새로운 메뉴, 몰랐던 음식은 꼭 먹어봐야 했다.

식생활에 있어서만 '얼리 어댑터'였다.

그런데 말입니다.

음...

나이가 들어서 인지 원래 성향 때문인지.

- 아아, 돈이 없어진 시기와도 맞물리기는 하는군,

젊은 그 시절이 딱 지나니까 돌아다니는 게 싫어 졌다.

사람 만나면 피곤하고,

말을 많이 내놓은 날은 마음이 불편했다.

되도록 집에서 책 읽고 음악 듣고 사색하며(응?) 지내는 게 마음도, 몸도 편했다.

하지만 진성 집순이인 나에게 음식은 여전히 큰 관심거리기에,

음식에 관한 정보는 눈에 띄는 대로 훑어보고,

호기심이 이는 식당은 '가봐야지!' 메모해 두는데,

나가기 싫다!

집에서 편하게 밥 먹는 게 좋다!

- 하는 강력한 관성은 나를 집에 꽉 붙들어 놓으니.

오늘도 나는 먹고 치우고.

돌아서면 또 밥하고, 먹고, 치우고, 청소하고 정리하고.

과로 중이시다.

예전에 비해 살림하기는 무척 쉬워졌다.

편리한 부엌 구조, 각종 가전제품, 다양한 조리도구들은 음식을 만들고 치우는 일을 수월하게 해 주고.

다양한 손질된 식재료들과 반조리식품은 현관문 앞에서 나를 기다린다.

랜선에는 세계의 모든 음식에 관한 정보와 친절한 조리법이 흘러 넘치지.

반면에 살림을 전담하는 사람은 줄고,

미식에 대한 기대는 높아졌다.

허기를 면하고 에너지를 공급하는 기능을 넘어 음식은 맛있고 보기도 좋아야 한다! 고 요구한다.

무엇보다 인생 전반에 걸쳐 기대치가 높아졌다.

먹을 것을 구하고, 밥상을 차리고, 자손을 키워내는 것.

더 바란다면 그것들이 좀 더 안정적이고 풍성했으면, 하는 것 이상을 바랐던 옛날 사람들은 그리 많지 않았던 것 같다.

그때라고 모든 사람들이 묵묵히 또는 기꺼이 고생스러운 삶을 받아들이지는 않았겠지만.

그래도 사람 사는 건 원래 고되고 힘겹다는 걸 지금 사람들보다는 순순히 받아들였을 거라고 상상한다면 오해일까?

'자아실현'이라는 모호한 단어로 표현되는 삶에 대한 기대에,

부엌에서 밥상 차리느라 '허비하는' 모습은 포함되지 않아 보인다.

각종 매체에서 쏟아내는 연출된 비현실적인 비주얼이 압도하는 세상에서,

부엌에서 동동거리며 음식을 하고 치우는,

냄새 배고 음식물이 튄 후줄근한 행색은 절대로 근사해 보이지 않는다.

내 손에 쥐어지는 당장의 보상도 없고 말이지.

그러면서 엄마의 밥상을 그리워하고.

고된 하루에 지친 내가 돌아갈 따뜻한 집의 풍경에는

김이 모락모락 오르는 맛난 '집밥'이 필수이니.

이제 집밥은 좋아하고 그리워하지만,

직접 만들기는 귀찮고 곤란한 숙제가 되었나 보다.

매일매일, 휴일 없이, 하루에도 여러 번 음식을 만들고, 치우는-

반복되는 일은 지루하고 성가시다.

식비로 쓸 수 있는 금액은 뻔하고,

입맛은 늘 새로움을 요구한다.

늘지 않는 솜씨로 맛있는 요리를 해야 한다는 부담감은 해보려는 의욕마저 꺼지게 한다.

과연 집밥은 마지 못해해내야 하는 노동일뿐인가?

음식 만들기, 더구나 집밥을 만드는 일은 매우 창의적인 작업이다.

매일 고정된 메뉴로, 손님들에게 늘 일정한 맛의 음식을 제공하는 식당업과 달리,

집밥을 먹는 사람은 고정이지만.

날씨와 건강 상태, 입맛, 냉장고 사정이 매번 다르다.

같은 이름을 가진 음식을 만들어도 내가 쓸 수 있는 재료도, 식탁 상황도 그때그때 다르니,

뭔가는 꼭 모자라는 재료로 융통성과 창의력을 발휘해야 한다.

절대로 지루할 수 없는 작업이다.

신경을 집중해야 하는 일이다.

마음이 심란할 때가 있다.

걱정거리가 마음 한가운데 묵직하게 자리 잡고는 떠나지 않는다.

한 공간 안의 가족은 내게 요구만 많은 짐 덩어리이고 나를 옭아매는 족쇄로 느껴질 때가 있지.

실타래처럼 엉킨 상념과 미로 같은 심연에 존재가 붕붕 떠다닌다.

그럼에도 밥을 먹어야 하는 시간은 어김없이 다가오고.

내키지 않는 마음에 겨우 몸을 일으켜 부엌으로 향한다.

그렇게 억지로 몸을 움직이기 시작은 했지만,

매콤한 볶음 냄새가 집안을 감쌀 즈음에는,

밥상으로 식구들을 부르는 자신의 명랑한 목소리에 스스로 놀랄지도 모르겠다.

처음부터 걷지 않았다.

포기하지 않고, 부단히.

일어나고 발자국을 떼고 주저앉고 다시 걸어보는 실패와 도전의 반복을 통해 아이는 걷고 뛰게 되었다.

인생의 어떤 것도 지루하고 반복되는 과정을 거치지 않는 것이 없다.

성취하는 잠깐의 순간까지 인생의 모든 것들은 서툴고 불안하고 고단한 긴 시간을 지난다.

한국 음식이나 외국 음식이나 조리법은 그리 다르지 않다.

굽고, 볶고, 졸이고, 튀기고, 찌고, 삶고, 버무리고, 무치고.

또는 이들의 중복.

하면 는다.

각 재료의 맛을 알아내는 것이 중요하다.

각 재료들이 갖는 기본적인 맛을 알면 서로 만나고 합쳐져 만들어지는 음식의 맛을 미리 상상할 수 있다.

또 솜씨가 없어도 조리 방법을 잘 따라 하면 일정한 맛이 나오는 요리들이 있다.

착실하게 성의껏 레시피를 따르면 된다.

그런 음식들만 손에 익혀도 식구들 밥상은 충분히 차려낸다.

제대로 해보기 전에 미리 포기하지 말 것.

서툴고 미숙한 시간을 견딜 것.

타인에게 기대지 말 것- 내가 해낼 거임!- 요런 자신감이 필요하다.

아무리 사랑하는 사람이라 해도 그를 위해 해 줄 수 있는 것은 많지 않다.

힘들고 지쳐 있는 상대를 바라보는 내 마음은 괴롭지만,

자신이 짊어져야 할 인생의 무게를 누가 대신할 수는 없다.

그저 밥 한 끼 공들여 차려주고, 묵묵히 지켜보고, 조용히 기도하는 것.

소중한 당신을 위해 내가 할 수 있는 모든 것이다.

인생에는 혹한기가 있다.

세상의 모든 고통이 나를 덮쳤다.

빠져나갈 길은 보이지 않는다.

어둠은 끝이 없고,

어디서부터 잘못했더라?- 끝없는 자책으로 심신은 너덜너덜하다.

세상이 밉고 사람들이 원망스럽다.

바닥을 보이는 쌀.

말라버린 감자, 싹이 난 양파를 손질하고.

찢어진 봉지에 남은 멸치 몇 개,

굳어버린 된장 한 숟가락.

다 긁어모아 된장국에 밥 한 그릇으로 나를 위한 밥상을 차린다.

울면서 밥 한 숟가락,

콧물 훌쩍이며 국물 한 모금.

그렇게 스스로 다독이면서 하루하루 견디는 거다.

견디다 보면 계절이 바뀌고,

어느새 훨씬 단단하고 의젓해진 자신을 볼 수 있다.

그렇게, 그렇게 살아왔던 거다.

수천, 수만 년 동안 지구 위의 사람들이.

밥을 찾고, 밥을 짓고, 밥을 먹으면서 쓰고 맵고 시린 인생이라는 바다를 건너 왔으리.

그때와 지금 2

나이가 들면서 확실히 '라떼' 여사가 되어간다.

그동안 살아온 시간이 내 안에 그대로 담겨있기 때문에

지금 바로 이 순간을 보면서 동시에 머릿속으로 지난 일이 쫘르륵 펼쳐지는 것이다.

지금 이 순간에, 지난 시절의 경험이 자동적으로 대조되니,

지금이 처음인 젊은 사람들과는 다른 반응이 나올 수밖에.

이번이 처음인 젊은이들이 와, 감탄하면서 순정의 마음으로 100% 받아들일 때,

'라떼'들은 그거 나중에 보면 별 거 아닐지도 모르는데?,

언제 뒤집힐지 모르는데?,

눈을 가느스름 뜨면서 의구심을 갖고 보는 것이다.

이를테면 이런 사례들이 있었다.

어머니가 보시던 1960년대 '요리 대백과사전'에는 요리 재료 중에 '아지노모토'가 당당히 적혀 있다.

일본 박사가 개발했다는 그 놀라운 물질,

그때는 인공 조미료가 모든 음식에 감칠맛을 더한다는 신통방통한 신상품이었다.

반응은 선풍적이었고 도시의, 중산층 이상의, 신문물에 민감한 나름 세련된 주부들이 이 '아지노모토'를 사고 썼다.

물론 우리나라에서 상품화된 이 제품은 '미원' 또는 '미풍'이라는 이름을 달고 유명 텔

런트가 광고도 했지.

완전, 도시의 맛이었다.

그 이후 반세기 동안 이 인공조미료는 평가가 완전히 달라진다.

지금은 시대에 뒤처진 할머니들이 찬장 구석에 숨겨두는 은밀한 무기이며,

식당에서 손님들 몰래 넣는 왠지 좀 꺼림칙한 비밀이 되어있다.

유사품, 대용품, 개선된 제품까지 잘 팔리는데 말이다.

그러니 지금 선풍적인 호응을 얻는 그 무엇을 보면 라떼들은 MSG의 행로를 떠올릴 수 있지 않겠어요?

정부가 정책적으로 밀어붙였던 사례인데,

1960년대에 '분식의 날'이 있었다.

국민들이 애호하는 쌀은 모자라고 원조 받은 밀가루는 많으니.

밀가루가 몸에 좋다면서 먹으라고, 먹으라고.

밀가루 음식은 콩나물과 더불어 키가 크는 식품이라는 선전도 있었다.

(그 둘 다를 안 먹었던 편식쟁이로서 내 키는 오직 유전자의 힘인 것인가!)

요리전문가들이 정부 주도 하에 전국을 순회하면서 요리 시연회를 여는 등 외국산 밀가루 음식 보급에 열성을 부렸었지.

(저렴한 수입 밀가루 덕에 당시에도 얼마 되지 않던 국산 밀농사가 거의 단종 되었다고)

지금 밀가루 소비량은 그때보다 어마어마하게 많아졌을 텐데,

그렇다고 밀가루가 그 시절의 슬로건처럼 영양가 높은 '너무너무 좋은' 식품이라고는

생각하지 않을 것이다.

다이어트 방침의 상단에는 밀가루 음식 자제가 들어간다.

반면에 예전에 자취를 감췄던 '우리 국내산 밀가루'는 떳떳하게 홍보되어 비싸게 팔린다.

국내산 식재료가 이렇게 환영과 신뢰를 얻다니.

(그 시절에는 뭐든지 외국산이 최고,

국산은 뒤떨어지고 모자라는, 부끄러운 것으로 여겼었다.)

참 근데, 관 주도 하에 밀가루 팔면서 사리사욕을 채운 고위층이나 기업인이 없었기를 바라지만.

글쎄요, 그 시절은 공권력을 사유화 했던 시절이라,

돌이켜보니 혹시 그 구호품 밀가루로 떼부자가 된 사람들이 있지 않을까, 싶은?

세상은 늘 변한다.

그 변화의 흐름과 기세는 개인이 따져볼 수 있는 한계를 넘어서지만,

어느 정도는 우리의 의지와 노력으로 방향을 바꿀 수도 있다는 경험도 해봤다.

나 혼자 개인의 운명을 열어가는 일은 쉽지 않지만.

개인적인 이익의 범위를 공공의 단위로 넓혀본다면.

혼자 나의 운명을 개척하겠다고 몸부림치는 것보다 오히려 사회를 좋게 바꿈으로써 나의 생활과 운명이 좋아지는,

공공 단위의 개혁이 더 효과적일 수 있겠다.

이 순간은 늘 출렁이고,

그 어느 것도 고정되지 않는다.

이 점이 '라떼 여사'가 알게 된 진실이다.

글을 마치며
밥이라는 번민

지금 우리나라는 음식을 즐기는 단계가 되었다.
하지만 밥벌이에서 해방된 건 아니다.
무릇 모든 생명체는 밥과 잠자리를 구해야 하는 숙명으로 태어났으니,
인생은 밥벌이라는 책임과 동행한다.

종종 존재를 옭아매는 밥벌이의 고단함에서 벗어나는 꿈을 꾸지만.
밥을 얻기 위해 우리는 부단히 노력하는 동안 자신의 재능을 발휘하고 삶의
의욕을 키울 수 있으며.
그래서 삶의 보람을 얻기도 한다.

그러나 하고 싶고, 할 수 있는 일이 반드시 밥을 보장하는 것은 아니니...
종종 존재는 꿈과 의무 사이에서 번민한다.

어른으로서 살아가면서
밥을 구하는 정당한 방식을 고민하고.
어느 선까지 나의 밥을 허용할 것인지.
얼마큼까지 밥을 위해 나 자신을 헌신할 것인지.
어느 시점에서 우리는 결심해야 한다.

정성스럽게 공들인 밥상은 나를 보살펴주고.

그러니 성실하게 차려진 밥상은 내가 지금 잘 살아가고 있다는 하나의 척도가 될 수 있겠다.

읽어주셔서 감사합니다.

모두에게 행복한 밥이기를 바라며